Wilhelm Matthießen

DER VERZAUBERTE ROSENGARTEN

Wilhelm Matthießen

DER VERZAUBERTE ROSENGARTEN

Herder Freiburg · Basel · Wien

Das Buch erschien erstmals 1957
im Hermann Schaffstein Verlag Köln

Der Text der vorliegenden Ausgabe wurde von Dr. Wilhelm Matthießen,
einem Enkel des Verfassers, überarbeitet.

Illustrationen: Heike Gierschner
Einband: Barbara Bedrischka-Bös

Herstellung: Freiburger Graphische Betriebe 1991
ISBN 3-451-22320-1

Inhalt

Gicks im Ofen

Es war einmal ein armes Mädchen, das wohnte bei einer alten Frau weitab vom Dorf am Waldrand. Denn die wollte keiner als Nachbarschaft. Sie wäre nämlich eine Hexe, dachten die Leute. Und wenn sie über die Straße kam, gingen die Leute in ihre Häuser und riegelten die Türen hinter sich zu. Dabei tat die Frau niemandem etwas zuleide. Auch das Mädchen hatte es gut bei ihr. Die Sache war nur die, daß die Alte neben ihrem Häuschen einen Backofen hatte, und der Förster erzählte jedem, sooft er nachts an diesem Backofen vorüberkäme, krähe drinnen ein Hahn. „Jaja, sie hat einen Teufel im Backofen", sagten die Leute, „und der muß ihr dienen." Es war ja auch sonderbar, der Krämer, der Bäcker, der Wirt im Dorf – keiner verkaufte der Alten etwas, nicht ein Körnchen Salz bekam sie im Laden, und doch sah jeder, daß im Hexenhause niemand zu hungern brauchte. Und das arme Mädchen war besser und reinlicher gekleidet als alle anderen Kinder.

Eines Tages nun blieb die alte Frau im Bett liegen. Als das Mädchen zu ihr kam, um nach ihr zu sehen, da sagte sie: „Ich fühle, meine gute Idis, daß es mit mir zu Ende geht. Du aber sollst keine

Not leiden. Denn was du verlangst, wird alles Gicks im Ofen dir geben. Du öffnest den Backofen, wirfst eine Handvoll Weizenkörner hinein und sagst:

‚Gicks im Ofen, hör mich an,
Zeig, was Gicks im Ofen kann!
Und hier sind auch Weizenkörner!'

So mußt du sprechen, und du wirst sehen, was geschieht!" Sprach's, sagte kein Wort mehr und starb noch zur gleichen Stunde. Da war nun Idis allein. Und sie ging in das Dorf und bat die Leute, ihr zu helfen, die alte Frau zu begraben. Aber alle schüttelten den Kopf – damit wollten sie nichts zu tun haben. Nur ein paar alte Weiber versprachen, sie kämen in der Nacht und würden das Ihre schon tun. Da wunderte sich Idis. Denn gerade diese waren die bösesten von allen. Und richtig, als sie im Zwielicht auf den Berg kamen, riefen sie Idis heraus und steckten das Häuschen an allen vier Ecken in Brand. „So hätte die Hexe längst schon brennen müssen", sagten sie. Dann gaben sie sich daran, mit Hacken und Stangen das Backhäuslein einzureißen, bald polterten die Steine, und das kleine Dach stürzte zusammen. Im gleichen Augenblick gellte ein Hahnenschrei aus dem fallenden Gemäuer, es rauschte in der Luft, und ein großer schwarzroter Hahn mit goldenen Schwanzfedern flog mitten durch die Flammen des Hauses dem Walde zu. Die Weiber standen da und sperrten die Mäuler und Augen auf. „Seht ihr wohl", schnatterten sie, „das ist der Teufel gewesen! Es wäre ein gutes Werk, das hochnasige Frauenzimmer gleich mit ins Feuer zu werfen. Die Hütte brennt ja noch lichterloh!" Und mit bösen Augen sahen sie sich nach Idis um. Aber die war nirgends zu finden. Als der Hahn davonflog, war auch sie in den Wald hinter dem Hause verschwunden. Noch beleuchtete ihr der Brand den Weg. Doch bald wurde es düsterer um sie, und kaum konnte sie noch den Pfad vor sich erkennen. Aber sie gönnte sich keine Ruhe, bis sie sah, daß es Mitternacht wurde. Die alte Frau hatte sie ja gelehrt, auf die Sterne zu achten. „Aber wo soll ich nun bleiben?" dachte sie, „denn die Nacht wird kühl, und bald fällt der Tau." Da sah sie gar nicht fern, hoch in einer Tanne, ein Licht wie eine goldene Sichel. „Das kann doch der Mond nicht sein!" besann sie sich, „denn der steht um diese Stunde an der anderen Himmelsseite." Nun fielen ihr die goldenen Schwanzfedern des schwarzen Hahnes ein. Und sie rief in die Tanne hinauf: „Gicks im Ofen, hör mich an –" Da rauschte es in dem Baumwipfel, als flöge ein großer Vogel davon, und das Licht war verschwunden. Aber unter der Tanne sah sie auf einmal ein verlassenes Hüttchen stehen. Und als sie eintrat, sieh, da brannte drinnen der Herd, ein Töpfchen Suppe brodelte über dem Feuer, ein Bettlein, schneeweiß, stand im Winkel. „Schönen Dank auch, Gicks im Ofen", sagte sie, aß und trank und richtete sich für die Nacht ein. Frisch stand sie am andern Morgen auf, wusch sich an einer Quelle, und als sie zurückkam, da war das Hüttchen leer, verfault lag die Tür draußen davor, verschwunden waren Herd und Bett, und nur die Mäuse raschelten im dürren Laubstreu. „Hier bleibe ich nicht länger", dachte sie und wanderte ihren Weg weiter. Aber bald hatte sie Hunger. Und sie freute sich, als der Wald zu Ende war und sie drunten im Tal ein Städtchen liegen sah. „Hier", dachte sie, „find' ich wohl eine mitleidige Seele, die mir zu essen gibt." Da sprangen neben dem Weg eine Menge Kinder auf und liefen den Berg hinab. Denn sie hatten dicht am Wald in einem alten Öfchen, das sie in der Schuttgrube gefunden, ein verbotenes Feuerchen angezündet. Und nun fürchteten sie sich vor dem fremden Mädchen. Das Öfchen aber glühte wie rotes Gold. Sogleich ging das Mädchen heran, um das gefährliche

Feuer zu löschen. Wie erstaunt aber war sie, als sie auf dem Öfchen ein nagelneues Pfännchen stehen sah, in dem Bratwürste und Kartoffeln brutzelten. Mit Freuden aß sie, doch als sie sich umschaute, lag das Öfchen kalt und verrostet da. Noch einmal schaute sie sich um, da war auch ihr Pfännchen verschwunden. „Da ist doch wieder der Gicks im Ofen am Werk", dachte sie. Nun brauchte sie sich in dem Städtchen nicht länger aufzuhalten und stieg an der andern Seite wieder den Berg empor. Dort kam sie an einem reifen Weizenacker vorüber, und sie raufte im Weitergehen bald da, bald dort eine Ähre ab und steckte sie in die Tasche. Als es Abend wurde, war sie längst wieder im tiefen Wald. „Gicks im Ofen", rief sie, „die Sonne will untergehen, und wenn du wieder eine Hütte für mich hättest, wär' es recht freundlich von dir." Aber nirgends sah sie etwas anderes als den weiten Wald. Im Abendrot standen die Wipfel der Bäume. Auf einmal blieb sie stehen. Wehte da nicht aus dem Wald ein Duft wie von frischbackenem Brot? „Nein", dachte sie, „es ist nur der Hunger, der mir das vorgaukelt!" Aber sie bog doch vom Weg ab, dem Brotduft entgegen, den sie immer deutlicher roch. Nicht lange, da sah sie ein altes rußiges Backhäuslein stehen, und durch all seine Türritzen quoll der gute Geruch.

„Vielen Dank, Gicks im Ofen!“ nickte sie und öffnete den Backofen. Wirklich, im Backloch sah sie in langer Reihe die frischen Brote liegen. Aber diesmal war sie auf der Hut. Sogleich zog sie die Tür hinter sich zu, dann sagte sie ihr Sprüchlein:

„Gicks im Ofen, hör mich an,
Zeig, was Gicks im Ofen kann!
Und hier sind auch Weizenkörner!“

Damit griff sie in die Tasche und streute die Körner hin. Im Augenblick klappte das Feuerloch auf, der schwarze Hahn kam heraus und sagte: „Zweimal habe ich nun versucht, zu dir zu kommen. Du hast es nicht verstanden, mich zu halten. Aber wer zum dritten Mal erst gescheit wird, der ist noch lange nicht der dümmste.“ – „Willst du nun hier im Ofen wohnen bleiben?“ – „Ich muß schon“, erwiderte der Hahn, „und ich finde diesen Backofen eigentlich bequemer als den der alten Frau. Aber nun, Mädchen, was brauchst du von mir?“ Da wünschte sich Idis zuerst ein Haus. „Schön!“ sagte Gicks im Ofen, sperrte den Schnabel auf und krähte dreimal in den Wald, „– so, hier hinter den Tannen steht schon eins und alles, was dazugehört. Die

Speisekammer ist voll, die Schränke können die Kleider kaum fassen, die Betten sind frisch bezogen – nun, du wirst es ja sehen! Jetzt aber möchte ich schlafen. So ein Umzug macht müde."

Da bedankte sich das Mädchen, tat die Brote in einen Korb, den es vor dem Ofen fand, drängte sich durch den dichten Tannenbusch, und siehe, schon stand es vor einem kleinen Schlößchen. Eine steinerne Treppe führte zu dem Eingang empor. Die Türe war nicht verschlossen, und Idis trat ein. Ja, das war etwas anderes als das Hüttchen der alten Frau! In einer weiten Halle stand sie, dahinter waren prächtige Sälchen und Stuben, Teppiche auf den Böden, die Glasschränke voll Porzellangeschirr und Kristall, die Schlafzimmer mit brokatenen Tapeten und samtenen Vorhängen, und ein Damenzimmer ganz in Silber und blauer Seide. Viele Tage hatte Idis zu tun, bis sie alles besehen, alle Schränke und Truhen geöffnet, die Speisekammern und Keller bestaunt hatte. Sogar ein Sack mit dem besten Weizen stand in dem Winkel. Dann richtete sie sich ein in dieser Pracht, und was sie noch dazu brauchte, das holte sie sich bei Gicks im Ofen. Denn in dem Schlößchen gefiel ihr längst nicht alles. Die vielen Reh- und Hirschgeweihe in der Halle, die ausgestopften Wildsauköpfe, Auerhähne und Uhus warf sie hinaus und ließ sich dafür herrliche Bilder geben. „Gewiß", sagte sie zu Gicks im Ofen, „du hast es gut gemeint, aber immerhin bist du ja nur ein Hahn!" – „Nur?" krähte er, „doch warte, du wirst schon sehen!" Dann wieder kam sie, weil ihr die birkenen Blumenständer im Hause nicht paßten. Dafür mußte ihr Gicks im Ofen über Nacht einen geräumigen Wintergarten anbauen. Auch die vielen Türmchen kamen ihr lächerlich vor. Gicks im Ofen erhielt den Auftrag, sie alle bis zum Morgengrauen abzureißen und dafür die Giebel und Simse hübsch einfach zu ziehen. So hatte sie heute dies, morgen das, bis sie endlich zufrieden war.

Darüber vergingen Sommer und Herbst. Der Winter schneite das Haus und den Wald ein. Aber sie langweilte sich nicht. Denn ein Sälchen des Schlosses war voll von Büchern, da konnte sie lesen, soviel sie mochte, und war sie davon müde, dann ging sie hinauf und kleidete sich vor den großen Spiegeln um, lachte immer wieder über die komischen Gewänder, die in den Schränken hingen, holte sich neue bei Gicks im Ofen, und oft saß sie stundenlang im Backhaus und erklärte dem Zauberhahn, wie sie dies und das haben wollte. Der arme Gicks fuhr fast aus den Federn, aber schließlich sagte er zu allem ja und amen.

Denn nie vergaß sie, ihm ein Schälchen der leckersten Körner zu bringen – die alte Frau war arg sparsam damit gewesen.

So ging der Winter hin, der Schnee tropfte von den Bäumen, und bald standen in Idis' Zimmern die Schneeglöckchen in kristallenen Schalen. Dann schmolz in den Waldtümpeln das Eis, die ersten warmen Tage kamen, und auf und ab leuchteten unter den Buchen die Anemonen. Da ging dann Idis oft im Wald spazieren und dachte gar nicht daran, daß derweil einer in ihr Schlößchen einbrechen könnte.

Einmal, eben wollte es Ostern werden, ging sie wieder hinaus, sich für ihre Schalen ein Körbchen Schlüsselblumen zu holen. Und wieder ließ sie die Haustür nur angelehnt. Während sie nun im Walde war, rollte ein Jagdwagen die Straße heran und hielt gerade vor dem Schlößchen. Ein Herr mit vielen Troddeln und Silberschnüren stieg aus, aber schon vor der Tür schüttelte er den Kopf. Es war nämlich der Oberhofmeister des Königs. Da merkte er, daß die Tür offen war. Aber das Kopfschütteln verging ihm, als er in die Halle trat. Und er drehte sich um und rief den Mann, der auf dem Bock des Wagens saß: „Geheimer Hofkutscher, komm' Er doch einmal her!" Sogleich sprang der Geheime Hofkutscher die Treppen

hinauf in die Halle. „Nun seh' Er sich um, Geheimer Hofkutscher", sagte der Oberhofmeister, „kennt Er das Lieblingsschloß Seiner Majestät des Königs wieder?" – „In der Tat nicht, Herr Oberhofmeister", sagte der Kutscher, „wo sind zum Beispiel die Allerhöchsten Hörner und Geweihe geblieben? Wo sind Seiner Majestät geliebte Sauköpfe? Und wo kommen diese Bilder her, auf denen nicht einmal kämpfende Hirsche sind?" Sie gingen durch alle Zimmer, sahen die frischen Schneeglöckchen in den Blumenschalen, den Seidensessel am Kamin, das offene Buch daneben, im Ankleidezimmer den Mädchenfrühlingshut auf dem Tischchen, und im Schlafzimmer auf dem Nachttisch tickte gar ein goldenes Armbandührchen. „Was hält Er davon, Geheimer Hofkutscher?" stöhnte der Oberhofmeister und wischte sich den Schweiß von der Stirn. „Da hat sich eine Landstreicherin in Seiner Majestät Jagdschloß eingenistet", erwiderte der Kutscher, „und Seine Majestät wollten in der Osterwoche hier herkommen zur Schnepfenjagd!" – „Und ich sollte das Schlößchen zu Höchstseiner Ankunft richten!" rief der Oberhofmeister, „was fang' ich an? Denn unser allergnädigster Herr ist entsetzlich in Höchstseinem Zorn!" – „Deshalb müssen wir auf der Stelle zurück", riet der Geheime Hofkutscher, „und Seiner Majestät das Furchtbare melden, sonst kommen wir beide um Kopf und Kragen. Aber ein Beweisstück wollen wir mitnehmen und zu Höchstdero Füßen legen!" Damit schnappte er sich den Frühlingshut. Sie drehten sich auf den Hacken um, liefen hinaus, kletterten in den Wagen und fuhren im Galopp davon.

Kaum aber waren sie auf der Waldstraße, da kam Idis zurück, ihr Körbchen voll Anemonen, Veilchen und Schlüsselblumen. Sie merkte nichts, schmückte die Zimmer mit Frühlingsblumen und vermißte nicht einmal ihren Hut.

Indes jagte der Wagen davon, und bald fuhr er am Königspalast vor. Der Oberhofmeister sprang ab und keuchte die Freitreppe empor – da stand auf einmal eine vornehme Frau in der Tür. Das war die Königin selbst. „Wohin denn so eilig?" fragte sie den Oberhofmeister. „Oh, Majestät", rief der Mann, „Unerhörtes ist geschehen! In Seiner Majestät Jagdschlößchen hat sich eine Landstreicherin eingerichtet, hat das Unterste zuoberst gekehrt, und dabei gedenken Seine Majestät nächste Woche allergnädigst zu geruhen, zur Schnepfenjagd auf das Schlößchen zu kommen. Seht, Majestät, diesen Hut habe ich zum Beweis mitgebracht!" Die Königin nahm das Hütchen, besah es von allen Seiten. „Hm, hm", sagte sie, „sonderbare Landstreicherin, die solche Hütchen trägt –, hat Er das Frauenzimmerchen nicht selbst gesehen?" – „Nein, Majestät", sagte er, „sie war wohl gerade zum Stehlen ausgegangen!" Die Königin lächelte: „So? Glaubt Er das? Aber ganz gleich, was Er glaubt – ich verbiete Ihm und dem Kutscher, zu irgendeinem davon zu sprechen, bei schwerer Strafe. Am wenigsten zu meinem Gemahl. Er ist heute schlechter Laune, und ich werde ihm selber die Neuigkeit melden."

In der Frau aber, die eine Stunde später durch ein Seitenpförtchen das Schloß verließ, hätte keiner die schöne Königin erkannt. Einen schäbigen Mantel hatte sie an und ein graues Kopftuch umgebunden. So ließ sie sich von einer gewöhnlichen Droschke bis in die Nähe des Jagdschlößchens fahren. Dann mußte der Wagen umkehren, und die Königin bog zu Fuß in den Waldweg ein, der von der Straße zu dem Jagdhaus führte. Verwundert sah sie, wie reizend alles verändert war. „Nun ja", dachte sie, „schon der Hut hat mir verraten, daß sie Geschmack hat!" Dann klingelte sie an der Tür, und als Idis ihr öffnete, fing sie zu klagen an wie eine Bettlerin: Ihr Mann sei gestorben, die Kinder in die Fremde gegangen, und nun müsse sie auf ihre alten Tage einen Dienst suchen. Zugleich sah sie sich in der Halle um. Ja, die gefiel ihr. So hatte sie es schon immer haben wollen. Aber der König hing an seinen Geweihen. „Gute Frau", sagte Idis, „ich brauche keine Dienstleute. Doch Ihr gefallt mir, und ich will Euch behalten." Die Königin tat, als wüßte sie gar nicht, wie sie sich bedanken sollte. Und gleich verlangte sie in der Küche ihre Arbeit. „Ach, nein", sagte Idis, „es will Abend werden, und gewiß seid Ihr müde. Kommt, ruht Euch aus. Ich bringe Euch selber zu essen und zu trinken." Die Königin mußte sich in den Sessel vor dem Kamin setzen. Derweil lief das Mädchen in die Küche und trug ihr auf: Brot und Butter, Eier, Schinken und Salat und einen guten Tee mit Rum dazu. „So", sagte sie, „nun laßt es Euch schmecken. Ich besorge noch eine Kleinigkeit." Sprach's und lief hinaus zu Gicks im Ofen. „Gicks", sagte sie, „da habe ich jetzt eine Frau als Dienerin angestellt. Gut sieht sie aus, als hätte sie einst bessere Tage erlebt. Ich brauche sofort ein schwarzseidenes Kleid für sie, gute Schuhe und alles, was dazugehört." – „Immer was Neues!" gockelte der Hahn, „aber meinetwegen!"

Die Königin sah sich inzwischen im Zimmer um. „Wie nett sie das alles gemacht hat", dachte sie, „und die Blumen auf dem Tisch und der schöne Wintergarten! Aber das Mädchen selbst gefällt mir noch tausendmal besser!" Indes kam Idis zurück, das neue Kleid über dem Arm, und als die Frau sich umgezogen hatte, freute sich das Mädchen: „Seht Ihr, so hübsch habe ich gern alles, was um mich ist. Ich glaube, besser sieht auch die Königin nicht aus!" – „Oh, ich bin ja nur die alte Regine!" sagte die Frau, „und dabei soll es auch bleiben."

Indes hatte der Oberhofmeister im Königspalast den Mund nicht halten können und haarklein seiner Frau erzählt, was im Jagdhaus des Königs Unheimliches geschehen wäre. Aber kein Wort davon dürfte sie verraten. Doch die Frau schwatzte es noch am gleichen Abend ihrer besten Freundin weiter, die Freundin einem Hoffräulein, und durch die erfuhr es der Königssohn. „Das müßte doch des Ansehens wert sein", dachte er, und weil er gerade nichts Besseres zu tun hatte, ging er gleich los, in die Berge hinauf. Am Abend kehrte er in einem Dorfwirtshaus ein. Dort saß schon ein junger Landstreicher, und der Prinz fragte ihn, ob er nicht Lust habe, sich einen Krug Bier oder zweie und sein Nachtlager zu verdienen. Nein, bewahre, zu arbeiten brauche er dafür nicht, bloß den Anzug mit ihm tauschen. Das wäre doch ein Geschäft! Der Landstreicher fand das auch, und er freute sich sehr, als er andern Morgens in dem sauberen Jägerkleid des Königssohnes steckte und noch einen blanken Taler herausbekam. Der Prinz aber machte sich in den Lumpen des Vagabunden wieder auf den Weg.

Schon beizeiten erreichte er das Schlößchen. „Sauber, sauber", dachte er, als er sah, daß die vielen Türmchen, Giebelchen, Zierate und Erkerchen verschwunden waren. Hier wehte ein anderer Wind, hier ließ sich leben!

So stand er eine Weile, und er merkte nicht, daß die Königin gerade hinter der Gardine herspähte. Seinen Lumpen zum Trotz erkannte sie ihn auf der Stelle. „Nun, du hast gerade noch gefehlt, mein Junge", dachte sie, aber sie wollte sich noch nicht sehen lassen und lieber abwarten, was aus der Geschichte würde. Darum legte sie sich ins Bett und tat, als wäre sie von der Wanderung gestern noch immer nicht recht erholt.

Indes klingelte drunten der Prinz an der Haustür. Als Idis ihm öffnete, zog er die Mütze und sagte sein Sprüchlein her: „Ein armer wandernder Handwerksbursch bittet um eine milde Gabe." Nein, nach Handwerk sähe er gerade nicht aus, sagte das Mädchen, immerhin, wenn er es ausnahmsweise einmal mit der Arbeit versuchen wollte? „Komm' Er also mit in die Küche. Brot und Milch sind noch da. Und dann hat Er bis Mittag hinter dem Hause das Holz kleinzumachen."

„Gern", sagte der Königssohn, „es wird mir eine Freude sein!" Denn Idis gefiel ihm auf den ersten Blick, und für sie hätte er die Sterne heruntergeholt und nicht bloß einen Haufen Holz gespalten.

„Fertig", sagte er nach dem Mittagessen, „aber vielleicht darf ich noch das Geschirr abspülen helfen?" Ja, das durfte er. Dann fiel dem Mädchen noch ein, daß übermorgen Ostern war, und vor Ostern mußten doch die Teppiche geklopft und die Böden gebohnert werden. „Fein!" rief der Prinz, „es wäre ja auch gefährlich – ein Mädchen so ganz allein im Haus, weil in diesen Frühlingstagen Fahrende und Landstreicher auf allen Wegen schwärmen."

„Und was ist Er für einer?" fragte Idis, aber als er dann wieder fleißig an der Arbeit war, ging sie zur Königin hinauf und erzählte ihr von dem neuen Hausknecht, und daß sie ihre Freude an ihm hätte. „Man sieht's seinen Händen ja an, daß er nie etwas angepackt hat. Aber jetzt ist ihm keine Arbeit zuviel. Das freut einen doch. Meint Ihr, ich soll ihn bei mir behalten?"

„Da kann ein Fremder schlecht einen Rat geben", erwiderte die Königin, „aber ein gutes Werk an ihm wär's doch getan. Seine Mutter hat wohl viel an dem Jungen versäumt, daß er so heruntergekommen ist." Da schüttelte Idis den Kopf: „O nein, der ist nicht heruntergekommen! Außerdem beschaffe ich ihm neue Kleider zu Ostern, dann wird er aussehen wie ein Prinz!"

„Das kann ja gut werden", dachte die Königin schmunzelnd, als sie wieder allein war. Sie freute sich. Was doch alles in dem Jungen steckte! Wie närrisch war er sonst immer gewesen, wie faul und bockbeinig. Und jetzt?

Auch am nächsten Tag nahm ihn Idis tüchtig heran. Er mußte Holz aufstapeln, die Kieswege im Garten harken, die Fenster putzen und, am späten

Abend, sogar noch die Ostereier färben. Als das Mädchen ihn so beschäftigt wußte, huschte sie hinaus zu dem Backofen, nachdem sie eine Handvoll Körner eingesteckt hatte. Und sie rief ihren Gicks. „Jetzt weckst du mich gar zu nachtschlafender Zeit", kollerte der schwarze Hahn, „was gibt's denn wieder?" – „Ich brauche bloß einen Anzug für meinen neuen Hausknecht", sagte Idis, „so etwas wie eine Jägeruniform sollte es sein." Der Hahn scharrte hinter sich, daß die Sandkörner gegen die Decke flogen, und da fiel ein prächtiges Jägergewand herab mit allem, was dazugehört. Das Mädchen bedankte sich, wünschte Gicks fröhliche Feiertage und lief mit dem Anzug ins Haus. „So", sagte sie zu dem Prinzen, „den ziehst du morgen an. Denn zu Ostern sollst du nicht herumlaufen wie ein Bettelmann!"

Und richtig, kaum graute der Tag, da kam der Prinz in seinem neuen Anzug herab. Auch Idis war schon munter und machte sich in der Küche zu schaffen. „Nun, wie paßt dir der Anzug?" fragte sie, als der Junge eintrat und ihr fröhliche Ostern wünschte. „Jaja", lachte er, „Kleider machen Leute!" – „Geschwätz", sagte sie, „jeder ist das, was in ihm steckt. Merk' Er sich's gut." Dann mußte er ihr helfen, den Frühstückstisch zu decken, mit Kuchen und Ostereiern, auch frische Primeln und Schneeglöckchen in die Vasen zu tun – auf einmal aber horchte sie auf. Pferdegetrappel draußen und Wagenrollen, so in aller Osterfrühe? „Schnell, spring' Er und seh' Er zu, wer da kommt!" befahl sie dem Prinzen. Aber als er nicht gleich zurückkam, ging sie selber zur Tür. Oh, drunten vor der Freitreppe hielt eine sechsspännige Karosse, begleitet von Jägern zu Pferde. Der neue Hausknecht hatte den Hut gezogen und riß eben den Kutschenschlag auf. Heraus aber stieg ein dicker Herr in Purpurmantel und Krone. Der König! Gerade hörte sie, wie er zu ihrem Landstreicher sagte: „Sieh mal da, Unser Herr Sohn! Wo kommst du denn her? Unsere Majestät sind baß erstaunt. Wir sehen zum ersten Male, daß du vor deinem königlichen Vater den Hut ziehst!" Idis wollte fast das Herz aussetzen. Aber schon ging das Unheil weiter. Denn eben in diesem Augenblick kam Idis' Hausgenossin die Treppe herab und ging auf den König zu. Der starrte sie an: „Wo in aller Welt kommt Ihr denn her, hochedle Gemahlin? Schon drei Tage haben wir Euch vermißt, und hochdero Kammerfrau sprach von Schnupfen und Kopfschmerzen?"

Was die Königin erwiderte, hörte Idis nicht mehr, sie war weg wie der Wind, huschte zur

Hintertür hinaus in die Tannen und zu dem Backhaus, riß die Tür auf und rief:

„Gicks im Ofen, hör mich an,
Zeig, was Gicks im Ofen kann,
Und hier sind auch – – –"

Oh, in der Eile hatte sie die Weizenkörner vergessen. Aber gewiß war der Hahn nicht so. Denn tief im Backofen schnarrte und gockelte es schon. Dann auf einmal wehte es, Flügel schlugen, und dicht über ihren Kopf weg rauschte der Hahn durch die offene Tür des Backhäuschens davon. Und als Idis sich umdrehte, verschwand er gerade über dem Wald.

Da ging sie zum Schloß zurück. Etwas anderes blieb ihr ja nicht übrig. „Ich will ehrlich sagen, wie es zuging", dachte sie bei sich selbst, „und das andere muß ich abwarten!"

Aber der König und die Seinen waren schon in das Schloß gegangen. Nur die Leibjäger standen noch drunten. Als sie erhobenen Hauptes vorüberschritt – auf einen Ruck salutierten sie da, die Finger an den goldbortenen Federhüten. Da raffte sie ihr Kleid und lief die Treppen empor. In der Halle sah sie den König stehen. Wie wild ließ er seine Augen rollen. „Wo ist jene Person?" rief er,

„und wehe, wo sind Unsere Allerhöchsten Hörner und Geweihe? Man halte Uns, daß Wir nicht rasend werden!" Da aber drehte sich die Königin um, sah Idis stehen und nahm sie in die Arme. „Da hast du das Räubermädchen!" sagte sie zu ihrem Gemahl. Der König stand wie vom Donner gerührt. „Nun", lachte der Königssohn, „will der allergnädigste Herr Vater meiner Braut nicht fröhliche Ostern sagen?" – „Hilf, Himmel", rief da der König, „das Schloß hat sie auf den Kopf gestellt, Unsere hohe Gemahlin behext, und nun auch noch die Königliche Hoheit, den Kronprinzen!" Aber dann trat er auf Idis zu und drückte ihre beiden Hände: „Fein gemacht, fein, mein Töchterchen. Oh, Unsere Majestät wollten sich schon über Allerhöchst sich selber ärgern, aber wenn man dich ansieht, Kind, schmilzt der Ärger wie Butter in der Sonne!"

Da waren sie alle froh und setzten sich um den gedeckten Ostertisch, und sie feierten den ganzen Tag Verlobung. Als es dann dämmerte, nahm Idis die Königin beiseite und führte sie heimlich zu dem Backhäuslein. Doch Gicks im Ofen war nicht zurückgekommen und ließ sich nimmermehr sehen. Sein Andenken aber hielten sie hoch in Ehren, sogar ein goldenes Gitter kam um den Backofen – und der ist noch heute zu sehen.

Der Grüne Jäger

Es war einmal ein König, der wohnte weit draußen vor der Stadt in einem alten Häuschen am Wald. Sein Vater hatte Geld und Gut verspielt, und er selber war so arm, daß nicht einmal die Mäuse bei ihm satt wurden. Seine letzte Habe hatte er im Pfandhaus, und aus dem purpurnen Königsmantel hatte seine Frau ein Kleid für die Königstochter geschneidert. Denn die ging zur Mädchenschule und sollte Lehrerin werden. Der König aber trug einen alten Regenmantel. Jeden Tag mußte er nämlich in die Stadt zum Rathaus. Dort hatte er im Anbau ein kleines Büro zum Regieren. Alle Leute mochten ihn gern, denn er war weise und gerecht. Wenn er schon einmal in eine Vorstadtschenke ging, um ein Glas Bier zu trinken, und mit den Handwerksleuten ein Spielchen machte, dann ließen sie ihn, sooft es ging, gewinnen. So kam er manchmal mit fünfzig oder sechzig Pfennigen in der Tasche nach Hause und brachte überdies seiner Frau und seinem Mädchen noch ein Viertelpfund billige Pralinen mit.

Nicht weit von ihm ab wohnte ein Förster, der hatte drei Jungen. Zwei davon waren schon auf der hohen Schule, nur der jüngste ging noch ins Gymnasium, aber zu Ostern sollte auch er zum Studieren fort. Doch sein Vater sagte ihm immer wieder: „Aus dir wird ja doch nichts!" Denn der jüngste Sohn steckte voll loser Streiche und schwänzte sogar manchmal die Schule. Jeden Abend aber, wenn die Königstochter im Forsthaus die Milch holte, begleitete er sie bis an ihre Haustür. Und dunkelte es schon zeitig, nahm er gar ihren Arm. Darauf freute er sich dann den ganzen Tag. Der Weg führte ein Stück durch den Wald, und dort sollte es nicht recht geheuer sein. Die Leute erzählten, im Holz lasse sich oft der Grüne Jäger sehen. Der trage einen dreieckigen Hut, und auf jeder Ecke des Hutes ein Licht. Schon mancher, der ihm begegnete, sei mit grauen Haaren zurückgekommen. Viele schworen darauf, der Grüne Jäger sei der Großvater des Königs und zeitlebens ein arger und böser Herr gewesen. Wer aber Glück habe und sich von ihm nicht ins Bockshorn jagen lasse, dem zeige er die ungeheuren Schätze, die er verborgen habe. Die Königstochter glaubte nicht recht an den Waldschreck. Nur wenn der Försterjunge mit ihr in der Dämmerung den unheimlichen Weg ging, dann tat sie, als fürchte sie sich, und hängte sich fester an ihn.

Nun ging es auf Ostern zu, und die beiden Studenten kamen heim in die Ferien. Da war dann immer ein Kabbeln hin und her zwischen ihnen, wer am Abend das schöne Mädchen begleiten sollte. Aber weil keiner klein beigab, gingen sie alle drei mit. Dann freute sich der König, denn die Studenten hatten stets eine gute Zigarre für ihn in der Tasche und ein paar Flaschen Bier bei sich. Dann saßen sie in dem Läubchen vor dem Hause oder in der Wohnstube und schwatzten dies und das. So kam die Sprache auch einmal auf den Grünen Jäger, und der König sagte: „Gäbe es doch nur einen beherzten Kerl, der ihm dreist Rede und Antwort stünde! Denn die Schätze unseres Hohen Hauses waren unermeßlich!"

Das ging den dreien nicht mehr aus dem Kopfe. Zwar dachten sie dabei nicht so sehr an Gold und Silber, das der Geist hütete, als an die Prinzessin. Denn das wäre doch ausgemacht, meinten sie, daß sie den wähle, dem der Grüne Jäger seine Schätze offenbare. „Wenn jetzt der Kerl doch nur käme!" sprachen sie auf dem Heimweg. „Nein", sagte der Älteste, „ihr seid noch viel zu dumm. Geht also heim, daß ich mein Glück versuche! Denn düster ist heute der Wald, tief hängen die Wolken, ein rechtes Wetter für den Grünen Jäger!"

Damit bog er ab und ging in den Wald. Bald konnte er nicht drei Schritte mehr vor sich sehen, und die Eulen riefen von überall her. Manchmal schien der Mond durch die Wolken, silbern glimmerte dann der Weg, aber im nächsten Augenblick war alles wieder eine einzige Finsternis. Auf einmal war es dem Studenten, als striche hinter ihm ein Schritt durch das Waldgras. „Es wird der Wind sein", dachte er und schaute sich nicht um. Da schien gerade der Mond durch ein Wolkenloch, und er sah einen blassen Schatten vor sich auf dem Wege. Und wieder hörte er, diesmal näher, fremde Schritte. Dann sah er plötzlich einen zweiten Schatten neben dem seinen. Doch nun war der Mond hinter der Wolke. „Ob das der Grüne Jäger ist?" dachte der Student. Schon spürte er es kalt an seiner Seite, und als er den Kopf wandte, ging einer neben ihm: ein Kerl mit dreieckigem Hut, und auf jeder der drei Ecken brannte ein Licht. Da grauste es den Studenten, und er ging rascher, aber der Grüne Jäger neben ihm auch. Nun begann er zu laufen – doch immer war der Grüne Jäger zu seiner Linken, und die drei Flämmchen auf seinem Hute bewegten sich nicht einmal im Wind. Da bog der Junge in einen Seitenweg, aber schon war der Grüne wieder bei ihm. Nun lief er kreuz und quer durch den Wald und stolperte über Wurzeln und Gräben. Höher und höher stieg der Mond, Regenschauer fegten aus den Blätterkronen der Bäume herab, aber die Lichter des Spukes erloschen nicht. Dem Jungen rann der Schweiß vom Rücken, und längst wußte er nicht mehr, wo er war. Da endlich wurde im Osten der Himmel heller, und bald läutete drunten die Frühglocke – der Student stand am Rand des Waldes, und der Grüne Jäger war verschwunden. Tief im Tal aber lag ein fremdes Dorf, und von da hatte er noch drei Stunden bis nach Hause. Als er heimkam, saßen die Seinen schon beim Kaffee. „Nun, bist du dem Grünen Jäger begegnet?" fragten die Brüder. Da warf der Älteste seinen Hut hin, und sie sahen, daß er über Nacht graue Haare bekommen hatte. „Mag's gehen, wie es will", sagte an diesem Abend der mittlere, „heut ist die Reihe an mir!" Sowie es dunkel wurde, stieg er in den Wald hinauf. Dort war es noch finsterer als in der letzten Nacht. Kein Wind wehte, und der Mond stand hinter Nebelgewölk. Aber der Student ging ohne Furcht seinen Weg, bis er auf einmal einen hellen Schein zwischen den Tannen sah. „Gewiß ein fauler Baum", dachte er. Aber als er herankam und deutlich drei Lichtlein unterschied, biß er die Zähne zusammen und ging auf den Spuk zu. Der saß unbeweglich auf dem Kegel eines Ameisenhaufens und glotzte ihm mit radrunden Augen entgegen. Da rannte der Student mit langen Sprüngen vorüber, er spürte aber, wie eine Eiseskälte von dem Grünen ausging. Nach einer Weile schaute er sich um, da war von dem Spuk nichts mehr zu sehen. Nun atmete er auf und ging langsamer. An der nächsten Wegbiegung aber, wer hockte da auf dem untersten Ast der dicken Eiche? Der Grüne Jäger mit seinen drei Lichtern. „Jetzt spreche ich ihn an", dachte der Junge. Aber als er heranging, da hatte der Grüne die Zunge handlang aus dem Halse hängen, und darüber kam dem Studenten so das Grausen, daß er zur Seite in den Wald lief. Doch er mochte rennen, wie er wollte – immer wenn er meinte, nun hätte sich der Spuk verzogen, dann hockte er wieder vor ihm mit seinen Lichtchen auf dem Zackenhut, bald hoch auf einem Wegweiser, mit übergeschlagenen Beinen wie ein Schneider, bald unter einem alten Kreuz oder auf einem Holzstoß. Der Student lief, was er konnte, und auf einmal erkannte er den Hohlweg, der geradewegs auf das Forsthaus zuführte. Aber an der Biegung, bei dem alten Holunder, schrie er hell auf vor Schreck. Denn an dem Holunder hing, einen Strick um den Hals, der Grüne Jäger, die Lichter auf dem Hut, und die Beine ließ er über den Weg baumeln. Da vergingen dem Jungen die Sinne, und als er wieder zu sich kam, lag er noch immer unter dem Holunder. Der frühe Tag stand am Himmel, und der Spuk war verschwunden. Bald war er dann auch daheim, aber auch er war grau geworden über Nacht.

„Nun bin ich dran", sagte der Jüngste, doch Vater und Mutter wollten ihn durchaus nicht ziehen lassen. Auch als das Königsmädchen des Abends um die Milch kam, versuchte sie es ihm auszureden. Aber er setzte sein Hütchen auf, wünschte gute Nacht und ging mit der Königstochter wie jeden Abend. Bald nahm er ihren Arm. „Keine Angst, Lotte", sagte er, „ich werde mit dem Kerl fertig, und wenn er einen ganzen Christbaum auf dem Hut hat!" – „Laß ihm doch seinen Plunder", erwiderte die Königstochter, „du wirst Forstmeister und ich deine Forstmeisterin, und dann ist alles gut!" Da gab er ihr einen Kuß und lief in den Wald hinein. Immer tiefer ging er in die Tannen, und wo sie am finstersten standen, da setzte er sich auf einen Hang in das Moos. Aber der Grüne Jäger ließ sich nicht blicken. Die Käuzchen riefen um ihn her, der Wind sauste in den Fichten, und schließlich nickte er ein. Da hörte er im Traum von weit her die Mitternachtsstunde schlagen, und plötzlich wachte er auf. Dicht vor ihm aber stand der Grüne Jäger mit seinen drei Lichtern und schaute ihn aus seinen Glühaugen an. „Ach, du bist es nur!" gähnte der Student, „setz dich bitte und erzähl mir mal, weshalb du eigentlich immer mit deinen drei Lichtern auf dem schnurrigen Deckel herumläufst?" – „Weil es drei Tode gibt, von denen du dir einen auswählen darfst", erwiderte der Grüne mit hohler Stimme. „Soll ich dich aufhängen? Dir den Hals umdrehen? Oder dir meine Hand auf die Brust legen, daß dir das Herz zum Eisklumpen friert?" Der Junge lachte: „Das letzte, mein lieber Freund! Greif mich nur an!" Da legte ihm der Grüne die Hand auf die Brust. „Ich merke nichts", rief der Student, blies ihm an den Hut, und siehe, eines der Lichtchen erlosch. „Nun hast du bloß noch zwei!" spottete er. Der Grüne packte seinen dreieckigen Hut in die Hand und schüttelte den Kopf: „Wie ärgerlich! Das kriege ich nun in alle Ewigkeit nicht mehr zum Brennen! Jetzt kann ich dich nur noch aufhängen oder dir den Hals abdrehen." – „Hat das nicht noch ein paar Stunden Zeit?" fragte der Student, „ich möchte nämlich gar zu gern vorher einmal deine Wohnung sehen." – „Also gut! Komm mit!" knurrte der Grüne Jäger und stelzte ihm voran durch dick und dünn, über

Heide und Hochmoor, daß der Boden nur so unter ihm schwappte. Schließlich kamen sie an ein altes Gemäuer, und der Grüne leuchtete mit seinen zwei Kerzen eine bröcklige Treppe hinab, die tief unter die Erde führte. Dort stieß er eine eiserne Tür auf, und sie waren in einem geräumigen Saale. Grünblau glimmerten die Wände im Lichte der Moorflämmchen. Der Junge schaute sich um. „Hier hast du es doch ganz behaglich", sagte er, „warum spukst du denn wie verrückt im Wald herum?" Der Grüne sah ihn erstaunt an: „Ja, das weiß ich eigentlich auch nicht", sagte er, „aber es ist nun einmal so, und jetzt mach dich bereit, daß ich dir das Gesicht in den Nacken drehe!" – „Gern!" erwiderte der Junge, hielt ihm den Kopf hin, und pff! hatte er ihm das zweite Lichtlein ausgeblasen. „Nimm dich doch in acht!" schrie der Grüne, „jetzt krieg' ich es in alle Ewigkeit nicht mehr zum Brennen!" – „Traurig", sagte der Student, „denn sogar die Kinder werden dich auslachen, wenn du nur mit einem Lichtchen dahergespukt kommst!" – „Dafür hänge ich dich jetzt auf!" kreischte der Grüne Jäger, „denn wie soll ich bei diesem einen Licht mein Geld noch zählen?" – „Wenn's weiter nichts ist – dabei helfe ich dir gern", erwiderte der Student, „aber hast du denn so viel, daß es der Mühe wert ist?" – „Oh,

eine Masse!" rief der Spuk, „sieh nur her!" Und er schloß eine Tür in der Wand auf. Da floß das Geld heraus wie ein goldener Strom, aus Säcken, Kisten und Kasten, Juwelen dazu, Halsbänder, Gürtel, daß es nur so gleißte und funkelte. „Nun, das werden wir schon gezählt kriegen", sagte der Junge. „Das sagst du so", erwiderte der Grüne Jäger, „ich zähle nun schon an die hundert Jahre und bin immer noch nicht fertig geworden." – „Fangen wir getrost an!" sagte der Student. Da bückte sich das Gespenst über den Schatz, und pff! hatte der Junge ihm das letzte Licht ausgeblasen. Im gleichen Augenblick tat es einen Donnerschlag, daß die Mauern erzitterten. Dann war alles still, und der Grüne Jäger war verschwunden. Im Schein der Sumpflichter sah der Student sich um, aber von dem Grünen war nirgends eine Spur mehr. Da legte sich der Junge, so wie er war, auf das Gold und schlief ein. Er erwachte erst, als der helle Tag durch die Mauerritzen schien. Nun stand er auf, stopfte sich alle Taschen voll Goldmünzen, und ein funkelndes Krönlein, das er dabei fand, steckte er in den Rock und tappte hinaus, die Stiege empor. Als er draußen im Sonnenlicht stand, wußte er nicht, wo er war. Denn diesen Moorhügel mit den alten Mauern, den vielen Blumen und Schmetterlingen hatte er noch nie gesehen. Ob er von hier den Weg zurück zu der Schatzhöhle fand? Darum ließ er alle paar Schritte ein Goldstück fallen, und als er so ein Stündlein oder zweie durch pfadloses Moor und die Heide gewandert war, kamen ihm endlich Wald und Weg bekannter vor. Schließlich traf er auf den Wegweiser, der nicht weit von dem Forsthause stand. Zuerst aber ging er zu dem Häuschen des Königs. Dort stand die Königstochter schon am Gartenzaun, sie hatte den ganzen Morgen nach ihm Ausschau gehalten. Über den Zaun hin zog er ihren Kopf an sich und nestelte ihr das Krönlein ins Haar. Da kam aber auch schon der König in Hemdsärmeln aus dem

Hause, und sogleich bemerkte er die Krone. „Was sehen da meine Augen?" rief er, „Junge, hat dir etwa der Grüne Jäger den Schatz gezeigt?" – „Ja", sagte der Student, „und dabei habe ich ihm alle drei Lebenslichter ausgeblasen!" Da mußte er haarklein erzählen, was ihm in der Nacht begegnet war. Bei der Königsfamilie herrschte große Freude. Sie fanden denn auch den Goldtalerweg wieder und in dem Moorkeller den Saal mit allem Gold und Edelgestein. Hundert Pferde mußte der König anspannen lassen, um den Schatz in die Stadt zu fahren. Nun war er reicher als alle Nachbarkönige. Der Student aber ist Forstmeister geworden und die Königstochter seine Forstmeisterin. Und wenn sie frühmorgens oder abends im Garten zwischen ihren Rosen geht, dann hat sie manchmal ihr Krönlein auf. Noch vor gar nicht langer Zeit hat man sie dort gesehen. Denn bis zum heutigen Tag gehen viele hinauf in den Wald hinter dem Forsthaus und suchen nach Goldtalern, die damals dort liegengeblieben sind. Mancher soll auch schon einen gefunden haben.

Maleen

An einem Frühlingsmorgen ging die kleine Maleen zum letztenmal in die Schule. Vierzehn Jahre war sie jetzt geworden. Sie hatte dem alten Lehrer, Herrn Merlin, auf dem Weg noch einen Strauß Osterblumen gekauft, Schlüsselblumen und Veilchen. Pfennig für Pfennig hatte sie das Geld gespart; denn ihren Lehrer hatte sie gern. Er wußte tausend Märchen, die in keinem Buch der Welt stehen. Manchmal erzählte er eins davon, und gab hinterher die kleine Maleen beim Rechnen nicht acht und schaute zum Fenster hinaus, dann sagte er: „Maleen, du wirst eine Stunde nachsitzen, sonst lernst du nicht einmal das kleine Einmaleins, und dann wird es dir im Leben bitterschlecht gehen.“ Maleen aber freute sich. Sie wußte ja nicht, was das sein sollte, das Leben. Und in der Nachsitzstunde schaute sie mit blanken Augen zu dem alten Herrn hin: Vom Einmaleins würde er ja nicht ein Wörtlein reden. So kam es auch. Jedesmal erzählte er ihr ein Märchen, noch viel schöner als die andern, die er der ganzen Klasse erzählte.

Heute war nun der letzte Schultag. Die Jungen und Mädchen drängelten aus dem Schulzimmer.

1 x 2 =

Maleen aber blieb sitzen und wartete. Dann gab sie dem Lehrer ihre Blumen und nahm Abschied von ihm. „Jetzt komm' ich nimmermehr", sagte sie. „Ich auch nicht, kleine Maleen", erwiderte der Lehrer, „meine Zeit ist um, meine Jahre sind erfüllt. Nur deinetwegen bin ich so lange geblieben." – „Und ich werde Euch nimmermehr sehen?" fragte das Mädchen Maleen. Da lächelte der alte Lehrer: „Maleen, bitte schau nach, ob keiner auf dem Gang draußen ist, und mach dann die Tür zu; denn was ich dir jetzt sage, braucht niemand zu hören." Da lief Maleen, schaute den Gang entlang und machte die Türe zu. „Also, mein kleines Fräulein", begann der Lehrer, „dir habe ich nie Märchen erzählt. Alles, was ich dir erzählte, ist wahr gewesen, die blanke Wahrheit." – „Ach nein", flüsterte Maleen, „dann ist das kleine Einmaleins also vielleicht nicht wahr? Und das große sogar faustdick gelogen?" – „So ist es", nickte Herr Merlin, „nur sag das ja keinem Menschen. Das wäre dein Unglück. Geht es dir wirklich einmal schlecht, dann lauf nur irgendwohin, wo dich keiner hört, und dann sagst du:

Nun bin ich gekommen, die kleine Maleen,
Mit Himmelsschlüsseln und Veilchen,
Den alten Merlin möcht wieder ich sehn
Und nachsitzen bei ihm ein Weilchen.
Macht auf das Tor, hier steht Maleen
Mit Himmelsschlüsseln und Veilchen."

„Und dann werdet Ihr kommen?" fragte die kleine Maleen.

„Wirst schon sehen!" lächelte der alte Lehrer. Und so ging sie an diesem Tag getrost nach Hause.

„Nun, kommst du endlich?" sagte die Mutter, „morgen geht's in die Spinnerei, Geld verdienen. Wenn du dann freitags deinen Lohn zählst, eine Mark, fünf oder zehn Mark, so weißt du endlich, was leben heißt." Da hörte Maleen schon wieder das Einmaleins schnurren. Als sie andern Tags in den großen Saal kam, in dem die Maschinen blitzten und brummten, wäre sie am liebsten davongelaufen. „Nein", dachte sie schließlich, „ich will es versuchen – ist ja doch alles nicht wahr!" Ein großer Trost war das aber nicht. Sie mußte an die Maschine, und weil sie hübsch und fein war, hatte sie keinen guten Tag. Die Frauen und Mädchen waren abscheulich zu ihr, stießen und hänselten sie und klagten sie beim Meister an.

Dann gab es Schelte, Knüffe und Püffe, und als sie sogar einmal eine Ohrfeige bekam, hob sie nicht einmal die Hände vor das Gesicht und sagte nur leise: „Das ist ja doch nicht wahr." Die anderen lachten laut, und bald sagten sie zu ihr nur noch „die Prinzessin". Einmal aber, als sie an der Teppichmaschine saß und zum ersten Mal einen kleinen Teppich allein weben mußte, da stand plötzlich der Fabrikherr hinter ihr. „Was machst du denn da?" fragte er. „Du schaust ja gar nicht auf das Muster!" Er beugte sich tiefer über den fast fertigen Teppich und sah zu, wie sie ihn zu Ende wirkte. Dann nahm er ihn, und sie mußte mit ihm in den Zeichensaal kommen. Dort legte er den Teppich der kleinen Maleen auf den Tisch. „Seht", sagte er zu den Zeichnern und Zeichnerinnen, „so macht man einen Teppich!" Keiner wagte ein Wörtchen zu sagen. Denn der Teppich der kleinen Maleen war gewebt, als seien lebendige Schlüsselblumen und Veilchen darübergestreut.

Von Stund an kam Maleen in den Zeichensaal. Da lernte sie nun erst mit Zirkel, Stift und Reißschiene umzugehen, mit Pinsel und Farben. Weil man sie aber nicht in Ruhe ließ, wollte ihr bald nichts mehr geraten. Nur um die Mittagszeit, wenn die andern zum Essen gingen und die alte Stunde des Nachsitzens gekommen war, blieb sie gern allein oben. Dann ging sie von einem Zeichentisch zum andern, besah sich alles und malte wilde Farben in die angefangenen Muster, seltsame Blumen und Tiere, die es nicht gibt, und Sterne. Nur ihr eigenes Blatt vergaß sie. Kamen nun die Zeichner zurück, dann taten sie, als merkten sie nichts, machten fertig, was Maleen begonnen, und der Fabrikherr wußte seine Leute nicht genug zu loben. Die kleine Maleen aber jagte er an die Maschine zurück. Dort wurde sie mit Spott empfangen: „Kikeriki", krähten die Weiber, „unsere Prinzessin ist wieder hie!" Obendrein bekam sie von der Mutter noch Schläge, weil sie nun keinen so hohen Lohn mehr heimbrachte. Da lag sie denn nachts in ihrem Bett und weinte. „Nun dauert es nicht mehr lange", dachte sie, „bis ich glaube, alles das wäre wahr." Sie stand auf und schaute in die Frühlingsnacht hinaus. Es war nicht hell und war nicht dunkel, grünblau der Himmel, und die Mondsichel hing zwischen den blassen Sternen. Um den Mund der kleinen Maleen ging ein süßes Lächeln, schön wie der Mondbogen droben. „Ich komme", sagte sie. Dann kleidete sie sich an und schlich, die Schuhe in den Händen, die Treppe hinab und in die Küche. Dort stieg sie durch das Fenster und lief die Gasse hinauf. Keinem Menschen begegnete

sie, nur ein paar Katzen saßen vor den Kellerlöchern. Bald wurde die Straße breiter, und nicht lange, da stand sie auf der Höhe, und die Stadt lag tief unter ihr im Mondnebel. Aber sie kehrte sich nicht daran und lief in den Wald hinein. Fast hell war es darin, die Blätter saßen noch in den Knospen, und Mondlicht floß durch die Zweige. Es duftete nach Feuchte, nach Frühling und Veilchen. Als der Tag graute, stand Maleen auf einmal am Waldrand. Vor ihr lag eine weite Wiese im Morgenrauch, und im Halbdämmern sah sie zu ihren Füßen Schlüsselblumen wachsen. Sie pflückte ein Sträußchen davon, und als ihre Hand in dem trockenen Laub unter den Himbeerbüschen am Wald tastete, fand sie auch Veilchen über Veilchen. Nun ging sie über die Wiese, und dichter wurde der silbrige Frührauch um sie her. Bald wußte sie nicht mehr, wohin sie ging, und bei jedem Schritt, den sie tat, fühlte sie das Wasser höher um ihre Schuhe quillen. Jetzt sah sie fast nichts mehr. Als sie die Hände vorstreckte, fühlte sie die nasse Wand eines Hügels. Dabei gab der moorige Grund unter ihren Füßen immer mehr nach. In dieser Not fiel ihr das Sprüchlein ihres alten Lehrers ein, und leise sang sie es in den Hügel:

„Nun bin ich gekommen, die kleine Maleen,
Mit Himmelsschlüsseln und Veilchen,
Den alten Merlin möcht wieder ich sehn
Und nachsitzen bei ihm ein Weilchen,
Macht auf das Tor, hier steht Maleen
Mit Himmelsschlüsseln und Veilchen."

Kaum hatte sie das letzte Wort gesagt, da faßte aus dem Nebel eine Hand nach der ihren. „Komm, kleine Maleen!" sagte es. Sie hörte ein Knistern wie von Seide. Die Hand zog, Maleen ging mit, und auf einmal wurde es trocken unter ihren Schuhen. Auch der Nebel verschwand, und silbergrünes Licht war um sie. Rechts und links von ihr hingen Waldefeuranken und Farne tief herab, über ihr wuchs grünliches Moos, und vor ihr ging in mondweißem Kleid ein Mädchen. Jetzt wandte es sich um. „Du hast Glück gehabt, kleine Maleen", sagte es, „meine Schwestern sind alle schon vom Mondtanz zu Hause. Aber wir hätten dir schon aufgemacht. Denn Herr Merlin hat es uns streng anbefohlen." So schwatzte das fremde Mädchen. Sie kamen in einen Saal, darin sprang eine Quelle aus einer Bergwand in ein tropfsteinernes Becken, und um dieses Becken standen und knieten viele schöne Mädchen, die wuschen in dem klaren Wasser ihre nebelnassen Kleider aus. Da begriff Maleen, daß sie in den Elfenhügel geraten war. Schon wollte sie nach dem Herrn Merlin fragen, da begann es aus den Moosen, aus dem Efeu und aus allen Würzelchen, die von der Decke herabhingen, zu glimmern und zu flimmern. „O weh", riefen die Mädchen, „jetzt ist die Sonne aufgegangen!" Und sie stoben auseinander, hierhin und dorthin in Gesteinspalten und Höhlen, und auch Maleen wurde fortgezogen in das Halbdunkel. Schließlich kam sie mit der Elfe, die sie führte, in eine Kammer aus kristallenen Spiegeln. Aber sie sah nur wolkige Nebel darin. Da legten sie sich zu Bett und schliefen den ganzen langen Tag. Als Maleen endlich erwachte, war das Elfenfräulein schon dabei, sich anzukleiden. Aus dem Spiegel leuchtete die Sichel des Mondes. Fenster war aber keines zu sehen. „Steh auf, Menschenmädchen", lachte die Schöne aus dem Spiegel ihr zu, „der Mond scheint, die liebe Nacht fängt an, und nun gehen wir zum Tanz." Sogleich erhob sich Maleen. Auch sie bekam ein mondlichtfarbenes Kleid, mondsilberne Schuhe, einen Goldreif in das Haar und goldene Reifen um die Handgelenke, die von sternglitzernden Steinen leuchteten. So geschmückt gingen sie in den blanken Bergsaal, in den von überall her Elfen hereinwehten, und setzten sich voll Fröhlichkeit um den gedeckten Tisch. „Kommt denn der alte Merlin nicht?" fragte Maleen ihre Nachbarin. „Was denkst du, Mädchen", erwiderte die, „Merlin ist längst weitergegangen. Es ist immer ein großer Festtag, wenn er uns besucht. Bleib bei uns und warte! Es dauert nur hundert Jahre, aber es kann auch sein, daß er viel früher kommt, schon in tausend Jahren. Keiner weiß das genau. Vielleicht wird er wieder einmal in einer Osternacht erscheinen." Da lachte Maleen, denn hier war das Einmaleins gewiß nicht zu Hause. Und sie aß und trank mit den Elfen und war guter Dinge. Dann gingen sie alle vor den Hügel hinaus. Da lag die Wiese im Mondglanz, der Bach gluckerte zu Erlen und Weiden hinab, und die Elfen begannen ihre Reigen und Tänze in langen Ketten und Kränzen, hin und her über die Mondwiese, zwischen den Erlen sich wiegend und um die Buchen am Waldrand. Zuerst lachten sie viel über Maleen und ihr Ungeschick. Aber als der Mond einen Hirschsprung höher über dem Walde stand, da hatte sie schon alle Künste begriffen und tanzte wie je ein Elfenmädchen und fast noch besser. An jedem Weidenbusch aber, an dem sie vorübertanzte, blühten die Kätzchen auf, und wo ihre Füße die Wiese berührten, sprossen gelbe Himmelsschlüssel aus der Erde. In der nächsten Nacht zogen sie blaue Gewänder an, tanzten über die Veilchen am Waldrand, die dann teppichdicht aus dem alten Herbstlaub blühten. Am Bach wuchsen auf und ab die Vergißmeinnicht hoch, und Veilchenduft wehte bald weithin über die Wiese. In der dritten Nacht trugen sie silberweiße Kleider mit langen Zackenzipfeln, wie Schneeglöckchenblüten, und mit langen Ärmeln, und an allen Zipfeln und an den Ärmeln waren kristallene Glöckchen, die läuteten im Tanz über die Wiese, ganz fern, als klängen sie tief aus dem Berg: Dann war es, als regneten die Töne von den Frühlingssternen am Himmel, und ein junger Jäger, der vor Tau und Tag am Waldrand saß, auf Schnepfen lauerte und darüber eingenickt war, fuhr plötzlich hoch, denn dicht an ihm vorbei klingelte das kristallene Geläut, und von allen Seiten, aus Erlen und Au, tönte es wider. „Wie man nur so wunderbar träumen kann", dachte er – „aber es klingelt ja immer noch! Hör, Widu!" – und er packte seinen Hund am Halsband, „hörst du es auch? Klingelaklingelaklingklingklang, Himmelsschlüssel und Veilchen ... Klingelaklingelaklingklingklang, Frühling im Wald! Ostermond über dem Berg ... Ganz genau, Widu!" Aber der Hund sträubte nur das Fell und knurrte in den Nebel hinaus. Schon riß er sich los und fegte bellend geradewegs in die Erlen hinab. „Hierher, Widu!" rief der Jäger, aber der Hund hörte nicht, jagte weiter. Durcheinander klangen schwirrend die Glöckchen, und nun blaffte er auf die kleine Maleen zu. „Hilfe!" rief sie, „ein Hund! Hilfe!" – „Ach, du träumst ja!" lachten die Elfen. Aber schon lief Maleen durch die Wiese, in den Wald, und je heller ihre Glöckchen bimmelten, desto wütender war der Hund hinter ihr her. Jetzt klingelte sie einen Waldweg entlang, schon wurde es heller im Osten, da stand sie mit einemmal vor dem Heckenpförtchen eines Forsthauses, klinkte das Törchen auf und schlug es hinter sich zu. Der Hund aber bellte rasend vor dem Gitter. Da öffnete sich die Haustür, und eine alte Frau stand in Pantoffeln auf der Schwelle. Zitternd vor Angst duckte sich Maleen hinter eine Tanne. „Wer bist du?" fuhr die Alte sie an, „und wie läufst du Frauenzimmer des Nachts herum?" – „Ach, Frau", bat Maleen, „schützt mich vor dem Hunde! Ich wohne bei den Elfen draußen im Hügel." – „Red nicht so albernes Zeug", schimpfte die Alte, „komm ins Haus, und dann herunter mit diesem Fastnachtsgelump!" Maleen mußte ihr Glöckchenkleid ausziehen, und sie bekam grobes Wollzeug. Es fing nun eine schwere Zeit für sie an. Sie mußte die härteste Arbeit tun, und nichts war der alten Frau recht. Immerzu nörgelte und schalt sie, und so dick sie war, so schnell hatte sie auch ihren Pantoffel in der Hand. Der Förster aber kümmerte sich um nichts; er war selber froh, wenn er aus dem Hause kam und in den Wald gehen konnte. Flogen doch die Pantoffeln der Alten auch manchmal ihm um die Ohren. Erst wintertags wurde es ein wenig besser, und als die Frau heraushatte, wie geschickt die Kleine am Teppichrahmen hantierte und wie hübsche Muster sie zu weben verstand, da brauchte Maleen nur noch Teppiche zu knüpfen. Die verkaufte die Försterin in der Stadt für teures Geld.

Einmal nun, Maleen war mittlerweile siebzehn Jahre geworden, kehrte der König des Landes auf einer Jagd in dem Forsthause ein, und da sah er an den Wänden, auf Truhen und im Rahmen die herrlichen Teppiche. „Wo habt Ihr die her, Försterin?" fragte er. Die Alte schluckte und druckste, und schließlich sagte sie, die Teppiche hätte sie von einer Händlerin für Eier und Brot erhandelt.

Der König runzelte die Brauen: „Ihr wißt, mit mir ist nicht gut Kirschen essen. Und Ihr macht mir nicht weis, diese Gewebe seien Händlerware. Also heraus mit der Sprache, oder ich lasse Euch das Haus über dem Kopf anzünden!" Da konnte die Alte mit der Wahrheit nicht länger hinter dem Berge halten. Und der König machte nicht viel Federlesens, besah sich die kleine Maleen und sagte: „Sachen packen!" Dem Mädchen blieb kaum Zeit, das Glöckchengewand zusammenzurollen und in das Taschentüchlein zu binden, da mußte es in den Jagdwagen des Königs steigen. Der alte Herr setzte sich zu ihr und sagte zu der Försterin: „Hättet Ihr mich nicht erst belogen, dann hätte ich Euch für das Frauenzimmer ein paar hundert Taler bezahlt. So aber kriegt Ihr nichts. Gehabt Euch wohl!" Damit rollte der Wagen davon.

So kam die kleine Maleen in den Königspalast. Dort ließ sie der König in ein großes vergittertes Gemach einschließen, und vom Morgen bis zum Abend mußte sie Teppiche knüpfen. Keine Ruhe durfte sie sich gönnen. Denn was ihr der König auch auftrug, immer hatte er es brandeilig. Das Leben freute das arme Mädchen bald nimmer. Eines Tages kam der alte Herr selber zu ihr. „Höre", sagte er, „da hast du neulich einen kleinen Teppich geknüpft. Blumen waren darauf, Schlüsselblumen und Veilchen nennen die Leute das Zeug. Den Teppich hat mein Sohn bekommen. Der ist schon lange tiefsinnig. Eines Tages auf der Jagd hat es ihn gepackt. Nun aber, seit er deinen

Teppich hat, ist es schon besser mit ihm. Knüpfe ihm also bis heute abend einen von der gleichen Art, aber zehnmal größer muß er sein, daß er das ganze Zimmer bedeckt." Das Mädchen schlug die Hände zusammen: „Für einen solchen Teppich brauche ich doch so viele Monate, wie Ihr mir Stunden gebt." – „Einerlei", sagte der König, „bis heute nacht ist der Teppich fertig, oder es geht dir schlecht. Ich hoffe, du hast mich verstanden." Damit knallte er die Tür hinter sich zu und schob von außen den Riegel vor. Das Mädchen aber saß da und starrte durch das Fenstergitter in das Schneetreiben hinaus. Es war ja längst Winter geworden. Jetzt also war es um sie geschehen. Sie wußte, der König würde Wort halten, denn er war ein gestrenger, ja ein grausamer Herr. Stunde um Stunde saß sie da und schaute in den Schnee hinaus. Schon fing es an, dunkel zu werden. Als die Flocken immer dichter fielen, da mußte sie wieder an den alten Merlin denken. Da hörte sie Schritte draußen auf dem Flur. Nun trat sie an die Wand, an der einer ihrer kleinen Blumenteppiche hing, klopfte und sagte ihr Verslein:

„Nun bin ich gekommen, die kleine Maleen,
Mit Himmelsschlüsseln und Veilchen.
Den alten Merlin möcht wieder ich sehn
Und nachsitzen bei ihm ein Weilchen.
Macht auf das Tor, hier steht Maleen
Mit Schlüsselblumen und Veilchen."

Im selben Augenblick tat sich die Wand auf. Sie konnte gerade noch den Mantel um die Schultern werfen und ihr Täschchen mit dem Glöckchenkleid nehmen, da rasselte der Riegel, und schon hörte sie den König schimpfen. Geschwind schlüpfte sie durch die offene Wand, die sich sogleich hinter ihr zutat. Maleen aber stand draußen im Schnee. Der Wind wehte, und Flocken wirbelten ihr ins Gesicht und in das Haar. „Nicht schlimm", dachte sie, „ich bin in Merlins Land, und nun ist alles gut." Bald kam sie denn auch in hellere Straßen, wo Schlittenglöckchen an ihr vorüberklingelten. Die Schlitten sah sie aber kaum, so dicht fiel der Schnee. Auch immer mehr Menschen eilten die Straße hin, und bald merkte Maleen, daß sie alle nur ein Ziel hatten. Noch stärker erhob sich jetzt der Wind, ihre Kleider flatterten, und schließlich mußte sie sich in eine Haustür flüchten, in die immer wieder Menschen wie von dem Sturme hereinwehten. Hier aber war es still um sie. Viele Treppen, Türen sah sie vor sich, lange Gänge, in denen Leute hin und her liefen. Türen schlugen, und ganz von fern hörte sie Musik. Auf einmal stand ein Herr in schwarzem Anzug vor ihr und nahm sie bei der Hand. „Endlich!" rief er, „schon den ganzen Abend warten wir auf unsere Tänzerin, und im Theater sitzen die Menschen Kopf an Kopf." – „Ich bin doch eine ganz andere", sagte sie, „aber tanzen? Wenn es weiter nichts ist –?" Und sie ging mit ihm auf die Bühne, sah durch das Guckloch des Vorhanges viele Menschen, hörte ihr Summen und hörte die Musiker ihre Instrumente stimmen. Auf einmal war ihr, als wollte das Herz ihr stehenbleiben. Der alte Herr im Frack, der am Dirigentenpult stand, war das nicht Merlin? Schon aber mußte sie sich umziehen, und als sie in rosenfarbenem Kleidchen auf die Bühne trat, da klatschten tausend Hände durch das Theater – so hübsch sah sie aus. Und sie tanzte, daß alle Herzen höher schlugen. Dazu spielte das kleine Streichorchester eine Musik so wunderbar, wie die Menschen nie zuvor etwas gehört. So tanzte sie den ganzen Abend, wie sie es von den Elfen gelernt hatte, jeden Tanz in einem anderen Kleide. Als dann endlich der Vorhang niederging, beruhigten die Menschen sich erst, als sie von neuem auf die Bühne trat. Sie trug jetzt ihr altes Glöckchenkleid, und als sie darin zu tanzen begann, klingelaklingelaklingklingklang, da war es ihr bald, als blühten wieder die Schlüsselblumen und Veilchen um sie her. Schon duftete davon die Bühne, das ganze Theater. Sie griff mit klingelnden Armen in die Luft, und da schneite es aus dem Dunkel über ihr Veilchen und Schlüsselblumen taufrisch über sie hin. In das Haar fielen sie ihr, über die Schultern und Arme. Händevoll warf sie lachend und knicksend in das Theater hinaus, und klingelaklingelaklingklingklang! tanzte sie hinter die Bühne zurück.

Von dieser Stunde an sprach die ganze Stadt nur noch von der Tänzerin. Jeder wollte sie sehen. Auch der König hörte von ihr. „Veilchen und Schlüsselblumen?" knurrte er, „und das mitten im Winter?" Voll Grimm dachte er an den Teppich, den er dem Mädchen aufgetragen und doch nicht bekommen hatte. „Majestät", verbeugte sich gerade der Minister des königlichen Hauses, „diese Frau müßte Hochdero erkrankter Sohn sehen." – „Schweig!" fuhr der König ihn an, aber noch am gleichen Tag erschien er mit dem Prinzen in der Hofloge des Theaters. Stumpf und dumpf saß der Königssohn da. Als aber die kleine Maleen auf die Bühne tanzte, richtete er sich auf. „Mein Gott", dachte er, „wo habe ich dieses Mädchen schon gesehen? War's nicht auf der Jagd? Tanzte sie nicht im Nebel an mir vorüber?" Er ließ keinen Blick mehr von ihr. Als sie dann im Glöckchenkleid kam, erhob er sich. Nun klangen wie damals die Glöckchen. Und Maleen tanzte, und es war dem Königssohn, als hörte er alle Frühlingssterne tönen. Auf einmal begann sie, was sie nie zuvor getan, ein kleines Liedchen zum Tanz zu singen – rein wie gläserne Glöckchen klang ihr Stimmchen:

„Klingelaklingelaklingklingklang,
Schlüsselblumen und Veilchen am Hang.
Klingelaklingelaklingklingklang!
Nun blüht der Wald!
Frühling ist da!
Klingelingling, klingklinglala.
Und über ein Weilchen
Mit Himmelsschlüsseln und Veilchen
Ostern ist da!
Klingelaklingelaklingelala –"

Und wieder flockten Veilchen und Himmelsschlüssel über sie her.

Da legte der Königssohn die Hand auf die Schulter seines Vaters: „Dies Glöckchenlied war es einst", sagte er, „das mich von Sinnen brachte. Jetzt hörte ich es wieder, und jetzt bin ich gesund. Dieses Mädchen und keine andere wird meine Königin." Der König nickte: „Ich freue mich. Aber ganz zu Hause ist dein Verstand noch nicht. Denn mein Sohn heiratet keine Tänzerin." – „Das wirst du sehen", erwiderte der Königssohn, „ich gehe sofort zu ihr." Kaum aber hatte er sich umgedreht, da flüsterte der König dem Offizier seiner Leibwache einen Befehl zu. Und als der Königssohn nach allerlei Irrwegen hinter die Bühne kam, hatten die Schergen des Alten die kleine Maleen schon in den Kerker geführt. „Nun?" fragte der König seinen Sohn am andern Morgen, „hast du es dir überlegt? Sei vernünftig, dann wird ihr kein Haar gekrümmt, und ich lasse sie außer Landes bringen. Bestehst du aber auf deinem Willen, dann stirbt sie noch heute. Denn sie hat dich behext." – „Gut", sagte der Königssohn, „aber laß mich Abschied nehmen von ihr. Nur einmal möchte ich ihr in die Augen schauen."

„Tu, was du willst!" nickte der König. Da ließ der Prinz sich zu dem finsteren Gewölbe hinabführen, in dem die kleine Maleen saß. Erschrokken schaute sie auf, als der Königssohn eintrat und seine Fackel in einen der Wandringe steckte. Dann befahl er den Wächtern hinauszugehen und schloß hinter ihnen die eiserne Tür. Maleen war aufgestanden, und die kristallenen Glöckchen ihres Kleides bimmelten leise. Dann reichte sie ihm die Hand. Und wieder klingelten die Glöckchen an ihrem Ärmel. „Ich sah Euch gestern im Theater", sagte sie, „als ich das Frühlingsliedchen sang." – „Und als du es zum ersten Male sangest, damals am Elfenhügel", erwiderte er, „da sah ich dich. Nun habe ich dich wiedererkannt." Sie nickte: „Dann freut es mich doppelt, daß Ihr mich noch einmal besucht, ehe ich sterben muß. Aber aus dem Sterben mach' ich mir gar nichts." – „Ich will mit dir sterben, Maleen", sagte er, „denn ich gehe nicht mehr und bleibe bei dir." Sie lächelte: „O nein, so dürft Ihr nicht sprechen. Oder glaubt auch Ihr nicht an das Einmaleins?" – „Keine Spur", sagte er, „und das fällt mir jetzt erst ein. Du bist die erste, die mich danach fragt." – „Nun, dann will ich Euch zum Dank meinen Glöckchentanz noch einmal tanzen." Da setzte er sich nieder wie damals, als er auf dem Stein am Waldrand saß: „Dann tanze, kleine Maleen!" Sie faßte zwei Zipfel ihres Gewandes, hob die Arme und klingelaklingelaklingklingklang ließ sie die Glöckchen tönen. Der Prinz aber faltete die Hände – so schön war das. Und wieder flockten Veilchen und Schlüsselblumen über sie hin. Schon sprang er auf und wollte sie in die Arme nehmen, da winkte sie ab, hielt die Hände hohl aneinander, und als die sogleich von Frühlingsblumen überquollen, da pochte sie an die Wand und sang:

„Nun bin ich gekommen, die kleine Maleen,
Mit Himmelsschlüsseln und Veilchen.
Den alten Merlin möcht wieder ich sehn
Und nachsitzen bei ihm ein Weilchen.
Macht auf die Tür, hier steht Maleen
Mit Himmelsschlüsseln und Veilchen.“

Im gleichen Augenblick rollte es wie Donner tief unter der Erde, die Mauer des Kerkers tat sich auseinander, und ein vermummter alter Mann trat ein. „Merlin“, rief Maleen und flog ihm in die Arme. Er hatte einen Hermelinpelz mitgebracht, legte ihn ihr um die Schultern und sagte: „Nun komm, kleine Maleen, jetzt mußt du nachsitzen dein Leben lang.“ Maleen ergriff die Hand des Prinzen: „Darf er mit? Er glaubt auch nicht an das Einmaleins!“ – „Das muß ich erst prüfen“, erwiderte der alte Merlin, und ernst fragte er den Königssohn: „Wieviel ist zwei mal eins?“ Der Prinz lachte, nahm Maleen in den Arm und sagte: „Das ist bei mir eins!“ – „Richtig!“ nickte Maleen, und glöckchenklingelnd schritt Maleen mit dem

Königssohn hinaus. Draußen rieselte noch immer der Schnee. Am Straßenrand wartete ein Schlitten mit zwei Pferden. In den stiegen sie ein. Merlin schwang sich auf den Bock, und schellenläutend ging's hinaus in den Wintertag. Bald lag die Stadt hinter ihnen, die Pferde liefen den Berg hinauf, und dann flog der Schlitten durch tiefen Wald, Stunde um Stunde. Schon dämmerte es, und die beiden im Schlitten merkten es kaum. Endlich aber spürten sie, wie der Schlitten hielt. Es hatte auch aufgehört zu schneien. Weiß stand der Wald. Vor ihnen lag ein Schloß, über dem blinkten die Sterne. Kerzenglanz leuchtete aus allen Fenstern. Diener mit Fackeln standen auf der Freitreppe. Und klingelaklingelaklingklingklang schritt Maleen in weißen Schühchen mit ihrem Königssohn hinauf. Der alte Merlin aber war verschwunden. Und von dem Schlitten war weit und breit nichts mehr zu sehen. Die beiden feierten nun ihre Hochzeit, und noch heute, wenn du dort in den Wald kommst, hörst du manchmal von weitem Klingelaklingelaklingklingklang! Nur das Schloß hat noch keiner gefunden.

Grünewaldheide

Es stand einst in einem Himbeerbusch, gerade an dem Kreuzweg zwischen Krummensiepen und Nergena, Rantum und Dreiborn ein Wegweiser, und also hätte er von Rechts wegen auch vier Arme haben müssen. Aber mit den Jahren war er so alt und klapprig geworden, daß er dreie davon verloren hatte; nur der vierte war noch da. Was auf ihm geschrieben stand, konnte aber kein Mensch mehr lesen, so verwaschen war die Schrift von Regen und Schnee. Zudem ragte dicht neben dem Pfahl eine großmächtige Tanne, die schüttelte alle Morgen im Wind den Tau aus ihren Nadeln und im frühen Ostermond gar den tropfenden Schnee über den braven Wegweiser, daß er seit vielen Wintern arg das Reißen im Bein hatte. „Was soll ich noch auf der Welt?" dachte er, „und was tu' ich noch im grünen Wald?" Am liebsten hätte er sich niedergelegt in das Moos. Aber die Tanne erlaubte ihm gern, daß er sich bei ihr anlehnte, und da ging's dann noch ein Weilchen.

Eines Tages kam der Förster vorüber. Der guckte den windschiefen Wegweiser an und brummte: „Da muß ein neuer her! Der alte

Krüppel ist nur noch für Brennholz gut!" Dann ging er weiter. Der Wegweiser aber hatte jedes Wort verstanden, und er merkte, wie sein Bein plötzlich wieder warm wurde. Stracks richtete er sich auf und stützte sich dabei nicht einmal auf die Tanne. „Krr!" knackte es in seinem Holz, „den Leuten soll ich mit meinen Knochen einheizen? Ich danke schön! Das Moos wärmt mein Bein gerade genug, nicht zu viel und nicht zu wenig. Überhaupt bin ich noch in den besten Jahren! Oh, denen will ich's schon zeigen!" – „Nicht wahr?" sagte die alte Waldfrau Ginstergold – die stand auf einmal da wie aus den Farnen am Weg gewachsen – „das lob' ich mir, hölzerner Mann! Darum sollst du auf deine greisen Tage noch einmal zu Ehren kommen!" Damit packte sie ihn, rüttelte ihn zurecht, drehte und wendete ihn, und als er dann feststand, zog sie ein Endchen Zauberkreide aus der Tasche, und auf seinen Arm schrieb sie:

NACH GRÜNEWALDHEIDE

Dann verschwand sie in den Wald. Der Wegweiser aber freute sich. Doch geheuer war ihm bei der Sache noch nicht. „Nun zeige ich mitten in die finsteren Fichten hinein", dachte er, „wo kein Weg ist und nicht der kleinste Pfad, solange der Wald steht. Wenn also nicht schnell einer kommt und meinem Arm nachgeht, dann mache ich mich selber auf die Wanderschaft. Ich will schon erfahren, wo der Turmhahn von diesem Grünewaldheide kräht!" Denn nie in seinem Leben hatte er von einem solchen Ort gehört.

Er brauchte auch nicht lange zu warten, sieh, da spazierte der Försterbub heran, der dumme Hans. So nannte ihn nämlich der Förster, und alle Leute riefen ihn so. Denn er war wirklich ein dummer Hans. Sollte er einen Fuchs aus der Falle holen, dann klappte er die scharfen Eisen auf und sagte: „Lauf, Fuchs, lauf in den grünen Wald! Dein Bein heilt schon von selber, wenn du es fleißig leckst, und du wirst dich nicht noch einmal erwischen lassen!" Und mußte er vor Tau und Tag den Uhu in der Kiepe zur Krähenhütte tragen, dann ließ er ihn schon hinter dem nächsten Busch fliegen und rief: „Husch, Uhu, husch! Gib aber fein acht, daß du nicht noch einmal in die elende Kiepe kommst! Denn so etwas ist kein Geschäft für einen rechtschaffenen Walduhu!" Im Forsthause seiner Eltern hatte er zur Kirmes sogar der Katze eine Schelle um den Hals gebunden, damit die Mäuse auch einmal Feiertag hätten. So dumm war der Hans.

Diesmal aber hatte ihm der Förster ein blankes Beil in die Hand gedrückt und gesagt: „So, dummer Hans, jetzt haust du den alten Wegweiser am Kreuzweg um. Denn das wirst du wohl noch können!" Also stand der dumme Hans nun vor dem Wegweiser. „Ei", dachte er, als er die frischgemalte Schrift sah, „das ist ja gar nicht der, den ich umhauen soll! Farbenneu steht ‚Nach Grünewaldheide' drauf geschrieben. Aber Grünewaldheide – das hörte ich all meine Tage noch nicht! Ich will also zusehen, wo es liegt!" Doch dieweil er wohl gar nicht so dumm war, wie die Leute meinten, fiel ihm ein, er möchte vielleicht beim Laufen kreuz und quer den Weg verfehlen. Wäre es also nicht schlauer, er nähme den Wegweiser gleich mit? Dann könnte er ihn allemal, wenn er nicht weiterwüßte, vor sich aufpflanzen, und ihm wäre geholfen. Gedacht, getan. Er griff mit beiden Händen den Pfahl, rüttelte ihn aus der Erde, zerrte ihn aus dem Himbeerbusch und warf ihn über die Schulter. Dann ging er geradewegs in den tiefen Wald, genau in die Richtung, in welche der Einarm gezeigt hatte.

Und wirklich, kaum hatte er sich ein paar Schritte durch das Holz gezwängt, da gewahrte er vor sich einen schmalen Weg, der mitten in das

Dämmergrün hineinführte. Diesen Waldsteig hatte er noch nie gesehen. Die Tannen standen hier höher, und der Boden war von der Sonne weithin wie mit tanzenden Goldtalern bestreut. Hohe Fingerhüte, weiße und rote, ragten bald rechts, bald links in die Stille, und silberner Dunst hing von den kühlen Fichten herab. „Nein", dachte der Junge, „wer hätte nur geahnt, daß der Weg nach Grünewaldheide so schön ist!" Behutsam setzte er Fuß vor Fuß, wie in einer Kirche. Erst als es dunkel wurde und das weite Sausen im Walde einschlief und die Stille gar so groß wurde, da setzte er sich nieder, pflanzte den Wegweiser vor sich in die weiche Erde und sang sein Abendlied, wie es ihn vor vielen Jahren die Mutter gelehrt hatte: „Nun schlafen Berg und Heide –"

„Schön, schön, Junge", sagte da auf einmal eine Stimme neben ihm, und ein alter Rotfuchs äugte aus dem Waldgras. „Nun", redete er weiter, „kennst du mich nicht mehr, dummer Hans? Du hast mich doch damals aus der Falle entwischen lassen! Also komm hinab in meine Höhle, da schläfst du warm und trocken, und morgen ist auch noch ein Tag!" Das ließ Hans sich nicht zweimal sagen, und er wunderte sich auch nicht, daß die Stiege in das Fuchsloch hinab so bequem und drunten seine Schlafkammer so nett und

geräumig war. Denn er schlief schon fast, und noch im Traum hörte er den Fackelzug der Sterne über sich geigen.

Anderen Morgens weckte ihn der Fuchs und richtete ihm sein Frühstück. Der Junge ließ es sich schmecken, und als er sich bei Meister Reineke bedanken wollte, sagte der: „Nichts da, dummer Hans! Auch unsereiner lebt nur einmal, und du hast mir mein liebes Leben geschenkt. Was soll es da schon, daß ich dir Herberge gab für die eine Nacht? Jetzt aber mach dich auf die Socken und komm gut nach Grünewaldheide!" Da schüttelte der dumme Hans dem Rotfuchs die Pfote und stieg hinauf an den Tag. Wer aber stand da vor der Höhle, stramm und kerzengerad? Der alte Wegweiser. Sein Arm zeigte wieder steif in den Wald hinaus, wo ein lichter Pfad unter den Buchen lief. Die Sonne wanderte schon über den Bäumen hin, und es flimmerte der Wald. Und so weit der Junge sehen konnte, standen die Maiglöckchen. Derweil stieg die Sonne in den Mittag, und oft verlor sich der Waldsteig in lauter Glanzgespinst und Maiglöckchenduft. Dann stellte der Junge jedes Mal seinen Wegweiser wieder auf, schaute, wohin er zeigte, ging ihm treulich nach und entdeckte dann immer auch bald einen Pfad, den er allein nie gefunden hätte.

Als schließlich das Gold im Walde erlosch und noch immer kein Ende zu sehen war, wollte er noch einmal den Wegweiser um Rat fragen. Aber er brachte ihn nicht mehr aufs Bein, starr und schwer lag er im Heidelbeerkraut wie angewachsen am Boden und zeigte steil hinauf in das abendschwarze Buchengewölbe. „Nun", dachte der Junge, „hast du mich bis hierhin ordentlich geführt, so wirst du mich auch jetzt nicht in die Irre schicken!" Er spuckte also in die Hände und klomm die Buchensäule empor. Ei, war die hoch! Bald sah er schon den Waldboden nicht mehr, und stockfinster war es unter ihm. Da endlich hatte er den untersten Ast gepackt, und nun ging es leichter – bis er auf einmal über sich einen Stern im grünen Abendhimmel blinken sah. „Jetzt habe ich's bald geschafft!" dachte er. „Noch lange nicht, dummer Hans!" knarrte da eine Stimme neben ihm, und gerade vor sich sah er zwei runde rote Lichter. „Kennst du mich nicht mehr?" krächzte es, „ich bin doch der Uhu, den du aus der Kiepe gelassen hast! Aber nun komm einstweilen in meine Wolkenburg, denn die Nacht wird kühl, und kälter scheinen die Sterne hier droben." Der Junge freute sich, und trotz der Düsternis ringsumher sah er in dem Buchenstamm eine Höhlung, durch die flatterte der Uhu hinab. Der

dumme Hans stolperte ihm nach und fand eine Treppe, die tief in den Stamm niederführte und schließlich in ein Kämmerchen. Dort sank er auf ein Bett von Heu und Vogelfedern und schlief sogleich ein.

Er erwachte erst, als der Tag graute und die Waldtauben, die über ihm wohnten, ihr Rukediku anfingen. Da kam der Uhu, brachte ihm zu essen und zu trinken und kniepte dabei schläfrig mit den Augen. „Jetzt mußt du weiter", sagte er, „und ich hoffe, du hast mir das Bett gut angewärmt!" Als der dumme Hans sich noch bei dem Vogel bedanken wollte, krächzte der grämlich: „Schon gut! Mich aus der Kiepe gelassen, dich ins Bett gelassen!" Bald stand dann der Junge vor dem Eulenloch auf dem schwindelhohen Baumast, mitten in dem rauschenden Laub. Wer aber lehnte neben ihm, dicht an dem Stamme? Der alte Wegweiser. Sein einziger Arm zeigte wieder schief über sich in den Baumwipfel. „Ei der Tausend!" rief der dumme Hans, „noch höher hinauf? Aber der da wird es schon wissen, sonst wäre er doch kein Wegweiser!" Wohlgemut schwang er das lange Holzding auf die Schulter und gab sich von neuem ans Klettern. Aber es kostete ihn manchen Schweißtropfen, bis er mit dem Trumm von Wegweiser den nächsten Ast erreichte. Hier rastete er ein Weilchen und blickte unter sich in die Tiefe, wie aus dem Gewölb eines Domes in die steinernen Züge der Säulen. Nichts aber war drunten um die Buchen als Rauch von silbergrauem Nebel. „Nun", dachte er, „das hilft alles nichts. Ich muß und will nun einmal nach Grünewaldheide." Aber als er nun aufstand und um sich schaute, da ging's plötzlich so leicht empor wie auf einem gar nicht so steilen Bergpfad, von Ast zu Ast, hin und her, hoch und höher, immer weiter hinauf. Schon sah er Berge und Wald unter sich und darüber nur Himmelsblau mit Schäfchenwolken. Dabei wollte das Klettern noch immer kein Ende nehmen. Sogar breiter und breiter wurden die Äste, wie gebahnte Wege. Haseln und Buchengestrüpp grünten fröhlich an den Rändern, Waldvögel wippten auf den Zweigen, im Gras blinkerte die Sonne, Heidelbeerbüschlein wuchsen in hellen Scharen ringsumher, und zwischen ihnen rotes Heidekraut. So sah der dumme Hans schließlich nichts mehr über sich als Buchenlaub und um sich her den grünen Wald. Nur manchmal, wenn der Weg sich bog, konnte er hinausschauen, und dann erblickte er in der Tiefe die Welt drunten mit ihren Städten und Dörfern und den Turmhähnen, die in der Sonne blinkten. An der nächsten Wegkehre waren auch die verschwunden, und wieder an der nächsten, da flogen schon die Wolken tief unter ihm. Als es endlich zu dämmern begann, sah er in der Ferne die weite See und wie die Sonne darin versank. Dann wurde es dunkel. Aber weiter klomm er und weiter, da gingen die Sterne auf, und er erschrak, als er sie durch das Laub so nahe herableuchten sah. Wie große blausilberne, rote und grüne Lampen waren sie auf einmal anzuschauen, wie buntgläserne Kugeln, die an einem ungeheuren Lichterbaum in dem dunklen Gipfel hingen und dort ihre Kreise zogen. Da setzte er sich in das Heidekraut am Wegrand, blickte in den feierlichen Reigen dicht um sich und über sich und dachte: „Das sind die Lichter von Grünewaldheide, und nun ist wirklich die Welt zu Ende." – „Dummer Hans", wisperten da viel feine Stimmchen dicht neben ihm, „der Sterntau in der Heide ist kühl! Komm mit! Oder kennst du uns nicht mehr? Wir sind doch die Mäuse, die du vor der Katze gerettet hast!" – „Dann ist es gut", sagte der Junge schon halb im Traum, und er folgte den grauen Mäusen eine Holztreppe hinan. Die führte über einen düsteren Speicher in ein Kämmerchen, und das kam ihm mit einem Male so bekannt vor. Hell schienen ja die Sterne in das Fensterchen, und er konnte deutlich in alle Winkel sehen. War das nicht genau das Bodenstübchen, in dem er einst, vor vielen Jahren, mit seiner Mutter gewohnt hatte? Ja, da stand noch Mutters alter Lehnstuhl, in dem hatte sie immer um die Abenddämmerung gesessen und von Schneewittchen und den sieben Zwergen und von Frau Holles Brunnen erzählt. Nun war die Mutter längst gestorben, und der dumme Hans allein und verlassen auf der Welt. Aber das alles hatte er in diesem Augenblick vergessen, da er wieder in seinem Stübchen stand. In der Ecke war sogar noch sein Bett mit dem Bild von der grünen Heide darüber. Wenn jetzt nur noch die Mutter käme! Aber Hans war so müde, daß er sich hinlegte und sogleich einschlief. Er träumte von der Mutter, wie sie Pfannküchlein auf dem Herde buk, wie sie am Weihnachtsbaum die Lichter anzündete und an seinem Bett ihre alten Lieder sang. Ganz wie früher hörte er sie wieder:

„Drunten auf Grünewaldheide –"

Mit beiden Beinen sprang er aus dem Bett. Aber niemand war in der Kammer. Und doch hörte er noch einen Schritt, als ginge die Mutter leise summend die Treppe hinab aus dem Hause:

„Drunten auf Grünewaldheide
steht ein alter Birnbaum,
der Birnbaum hat Blüt' –"

Er klinkte die bretterne Tür auf, ging über den Speicher, die düstere Knarrtreppe hinab und kam auf einen halbdunklen Bodengang, über dem in grauen Netzen die Spinnen liefen. Und nun wieder eine Treppe, die war schon breiter, und das Geländer schön aus Eiche geschnitzt. Dort stieg er hinab, drückte die schwere Tür drunten auf und sah nun eine Flucht hoher Säle vor sich, mit seidenen und samtenen Vorhängen, kristallenen Spiegeln und prächtigen Bildern an den Wänden – aber nirgend eine Menschenseele. Endlich kam er wieder an eine Treppe, die war von grünem Marmor. Als er die hinabschritt, tat er neugierig einen der Fenstervorhänge beiseite, und da sah er draußen unter sich, in hellem Tagesglanz, Dach an Dach und Turm an Turm, eine goldene Stadt mit Mauern und Zinnen. Diese Stadt lag mitten in grüner Heide. Aber nichts Lebendiges war drinnen zu sehen, nicht einmal ein Hündchen auf der Straße und keine Taube auf den Simsen und Türmen. Da ließ der dumme Hans den Vorhang wieder fallen und ging weiter die Marmortreppe hinab. Diesmal kam er in silberne und goldene Säle. Da sah er plötzlich eine Maus über den blanken Fußboden huschen und unter eine winzige Tür schlüpfen. So künstlich aber war diese Tür in der Wand versteckt, daß er fast vorübergelaufen wäre. Nun klinkte er sie auf. Und was sah er da? Weit offen standen die hohen Balkonfensterflügel, und aus blühenden Kastanien wehte die Mailuft herein und blähte die weißen Vorhänge des Bettes in der Ecke. In dem Bett aber lag ein Mädchen und schlief. Dem Jungen lachten Augen und Herz, so schön war sie. Und er küßte sie mitten auf den Mund. Da schlug das Mädchen die Augen auf, und als sie den dummen Hans sah, schlang sie beide Arme um seinen Hals und küßte ihn wieder. Im gleichen Augenblick fingen draußen von allen Türmen die Glocken zu läuten an, ja die Turmhähne krähten aus vollen Hälsen, die Tauben rauschten über die Dächer hin, und aus allen Häusern liefen die Menschen. Als der dumme Hans erschreckt um sich schaute, kamen König und Königin in Purpur und Krone herangewandelt, und der König sagte: „Nun hast du uns und die ganze Stadt erlöst, dummer Hans!" Noch am gleichen Tag feierte der Junge Hochzeit mit dem schönen Königsmädchen, und bald wurde er König von Grünewaldheide. Der brave Wegweiser aber? Den hatte der neue König bei all seinem Glück nicht vergessen. Er ließ ihm den Fuß wieder spitzen und säuberlich teeren, strich eigenhändig seinen Stamm mit grasgrüner Farbe und stellte ihn dorthin, wo der Wald am tiefsten und schönsten ist, nicht weit von dem Häuschen der guten Waldfrau Ginstergold. Da steht er noch heute, und wer gerade das Glück hat und auch so ein dummer Hans ist, dem zeigt er gern den Weg nach Grünewaldheide.

Queck auf der Bülte

Es war einmal ein armes Mädchen, das hütete im Dorf die Gänse. Als es eines Abends mit seiner Herde heimkam, sah es, daß die Dorfjungen ein Einmachglas hatten mit Wasser und ein paar abgerupften Binsen. Darin saß ein grasgrüner Frosch und schnappte nach Luft. „Der Frosch ertrinkt euch ja", sagte das Mädchen. „Was geht dich unser Frosch an, Gänsegilli", riefen die Jungen, „wir haben ihn doch im Wasser gefangen!" Da sagte das Gänsemädchen nichts mehr und ging weiter. Als sie andern Morgens aber ihre Herde wieder vorübertrieb, sah sie das Glas vor einem Hause am Fenster stehen, und der Frosch zappelte zwischen den Binsen im Wasser. Gänsegilli spähte umher, ob keiner sie sah, und schon hatte sie den Frosch herausgeholt. Breit und grün saß er auf ihrer Hand. Da machte sie, daß sie aus dem Dorf kam. Aber als sie auf dem Wiesenpfad war, sagte auf einmal der Frosch:

„Gänsegilli, die mich trägt
Und mich in das Grüne legt,
Gänsegilli, reich und schön,
Gänsegilli, sollst es sehn!"

„Oh“, sagte die Gänsegilli, „ich bin nur ein armes Mädchen, aber wer bist denn du, Grünfrosch?“ – „Ich bin Queck auf der Bülte“, erwiderte der Frosch, „und um ein Haar wäre es aus gewesen mit mir!“ – „Nun, dann will ich dich wieder auf die Bülte tragen“, sagte das Mädchen, und es trieb seine Gänse abseits auf den Moorpfad und dem Hügelein zu, das mitten im Sumpf lag. Bald war sie droben angelangt, und da setzte sie den Frosch auf die Bülte unter grüne Blätter. „Danke dir, Gänsegilli“, sagte der Frosch, „und wenn du mich einmal nötig hast, brauchst du nur hier auf die Bülte zu kommen und zu rufen:

‚Queck auf der Bülte,
Queck in dem Sumpf,
Es ruft Gänsegilli,
Gänsegilli, die ruft!‘“

So sprach er, tat einen Hüpfer und war verschwunden. Gänsegilli aber setzte sich an den Sumpfhügel, ließ die Gänse grasen und freute sich, wenn der Sommerwind ihr in den Haaren spielte. Als sie dann abends wieder ins Dorf trieb und die Bauern ihre Gänse sahen, da nickten sie einander zu und sagten: „Das Mädel weiß doch alleweil die fetteste Weide! Seht nur, wie rund

und glatt unsere Martinsvögel sind!" – „Wie hübsch erst die Gänsegilli selber ist!" meinte einer von ihnen. Gänsegilli aber hörte das nicht, und am andern Morgen trieb sie ihre Gänse wieder zu der Bülte im Moor. „Vielleicht sehe ich heute meinen Grünfrosch wieder", dachte sie. Aber er ließ sich nirgends blicken. Und ihn für nichts und wieder nichts zu rufen, fürchtete sich das Mädchen doch. „Wozu auch?" dachte sie. Denn nirgend schien die Sonne so schön wie auf der Bülte, nirgendwo sonst segelten so wunderbare Schmetterlinge über den Blumen. Wenn Gänsegilli sich lang in das Bültgras legte und durch den Stengelwald schaute, die Halme und Binsenspeere hinauf, wo droben Rispen und Blüten durcheinanderwehten, wo die Käfer, grüne, rote und getupfte, umherkrabbelten und die Bienen summten, und über allem stand der Himmel so blau, dann meinte das Mädchen, hier wäre die Welt am schönsten. Es tat ihr leid, wenn es dämmerte und sie heim ins Dorf treiben mußte. Wieder aber wunderten sich alle Leute, wie prächtig die Gänse aussahen. „Und die Gänsegilli", sagte einer, „ist sie nicht recht in die Höhe geschossen? Ganz wie ein Fräulein schaut sie aus."

Gänsegilli aber stand nun alle Morgen noch zeitiger auf. Ach wie schön waren diese frühen

Taustunden auf der Bülte. Und erst der Mittag, und dann, wenn es dunkelte und die Rauchschwalben flogen! So lebte das Mädchen in seinem goldenen Königreich, und es erschrak, als sich eines Tages draußen im Sumpf die Störche sammelten und nach Süden reisten. Wieder verging eine Woche, da zogen auch die Schwalben fort, und bald wehte der Wind kalt über das Moor. Da mußten die Gänse daheimbleiben. Als zu Martini oder um Weihnacht viele ihr Leben ließen, da war wieder Gänsegillis Lob in aller Munde. „Nein, dieses Fett!" sagten die Frauen, „– und dieses Fleisch!" lobten die Männer. „Und die Daunen!" riefen die Großmütter, „nein, die Gänsegilli hat ihren Lohn ehrlich verdient!" Das Mädchen bekam dann auch zu Weihnachten ein neues Kleid, knallrot, mit blauen und gelben Blümchen darin. Das zog sie zum ersten Mal an, als sie im Mai wieder ihre Gänse hinaustrieb.

Lange waren die Wiesen grau gelegen, aber um Ostern schien die Sonne, und dann fiel ein warmer Regen. Da stand über Nacht die ganze Au in Grün und Blüten. Zwar schwappte der Moorpfad noch ein wenig, als Gilli darüberschritt, aber sie machte sich nichts daraus und ging mit den Gänsen geradewegs auf die Bülte zu. Dort hüpften schon die Heuschrecken, die Bienen summten, und die Schmetterlinge flügelten über den Blumen.

Gar zu gern hätte Gänsegilli jetzt einmal ihren Frosch gerufen. Aber immer noch traute sie sich nicht. Als sie nun des Abends mit ihren Gänsen heimkam, sieh, da hielt eben eine Kutsche vor dem Dorfwirtshaus, und ein blasser junger Herr in feinen Kleidern stieg aus. Hinter ihm ein zweiter, der schon älter war, mit hohem Zylinderhut und goldener Uhrkette über dem Bauch. Beide gingen in die Schenke, und Gilli, die am Fenster stand, hörte, wie der Dicke von der Wirtin zwei Zimmer verlangte. Der junge Herr wäre krank gewesen und müßte sich in der frischen Landluft bei guter Kuhmilch und Bauernbrot wieder rote Backen holen. So sagte der ältere Herr und klimperte mit den Goldstücken in seiner Hosentasche. Da ging die Gänsegilli weiter – gewiß würde das Schnattern ihrer Gänse den armen jungen Herrn stören. Als sie aber in der Frühe mit ihrer Herde wieder an dem Wirtshaus vorüberkam, da saß er schon draußen unter der Linde an einem Gartentisch und trank seine Milch: „Ei", rief er, als er die Gänsegilli in ihrem Blümchenkleid sah, „du feine Mohnblume, wohin denn so früh mit deinen Gänsen?" – „Auf die Weide an der Bülte, Herr", erwiderte das Gänse-

mädchen, „nirgends auf der Welt ist es so schön wie dort.“ – „Wirklich?“ meinte der junge Herr, „das muß ich mir anschauen.“ Er trank sein Glas leer und ging mit der Gänsegilli ins Moor hinaus und zu der Bülte. Dort setzten sie sich nebeneinander, hörten den Bienen zu, freuten sich über die vielen bunten Schmetterlinge, und Gilli zeigte ihm, wie man sich tief in das Gras legen und durch die Halme in den Himmel gucken müßte, und daß man dann auf einmal in einer andern Welt wäre. Das tat er denn auch gleich, und bald lagen sie dicht beisammen, Kopf an Kopf und Schulter an Schulter, und waren froh. Aber als es auf den Mittag ging, da sorgte sich Gilli, er möchte ins Dorf zum Essen gehen. „Ach“, dachte sie, „wie kann ich ihn nur bei mir behalten?“ Erst wollte sie beten, daß er nicht hungrig würde. „Aber“, meinte sie, „dann schaut er hinterher gewiß noch blasser aus!“ Da fiel ihr zum Glück der Frosch ein. Leise, als spiele sie nur mit dem Grashalm in ihrem Munde, sagte sie:

„Queck auf der Bülte,
Queck in dem Sumpf,
Es ruft Gänsegilli,
Gänsegilli, die ruft!“

„Was brummelst du da, liebe Mohnblume?" fragte der junge Mann. „Oh, ich freue mich nur, daß du bei mir bist", erwiderte das Mädchen, aber da sah sie auch schon den grünen Frosch gar nicht weit ab zwischen den Grasstengeln sitzen. Gilli bewegte kaum die Lippen, als sie ihm zuflüsterte: „Guter Queck, laß doch mein Mittagbrot für uns beide reichen!" – „Queck!" machte der Frosch und war verschwunden. Gänsegilli aber stand getrost auf und sagte laut: „Jetzt läutet die Mittagglocke im Dorf. Wollen wir ein wenig essen?" Sie nahm den Milchkrug, den sie halb in der kühlen Erde vergraben hatte, wickelte ihre Butterbrote aus und bot sie dem jungen Herrn an. „Nur einen Bissen", sagte er, denn jetzt hätte er noch keinen Hunger. Er biß in das Brot, und sie biß hinein, und aus demselben Krug trank bald er, trank bald sie. Dann bissen sie wieder in das Brot, und Gilli lachte vergnügt, als sie merkte, wie Milch und Käsebrote nicht weniger wurden. Dazu kam dem Jüngling der Appetit erst über dem Essen, und schließlich sagte er: „Mohnblümchen, so hat es mir seit Jahr und Tag nicht mehr geschmeckt!" – „Siehst du wohl", rief Gänsegilli, „das tut alles die Bülte!" Sie blieben beieinander, bis die Schatten der Gräser lang und länger wurden und die Gänse schnatternd nach Hause verlangten. Als sie aber ins Dorf kamen, da stand der alte Herr mit der Goldkette schon in der Tür und rief: „Wo waren Sie nur so lange? Überall habe ich Sie gesucht und in allen Häusern nach Ihnen gefragt!" Die Leute, die in dem Lindengarten saßen, stießen einander an und sagten: „Merkt ihr nicht, wie gut er schon aussieht? Oh, die Gänsegilli kann mehr als Brot essen! Auch das Gänseschmalz in unseren Töpfen ist immer noch nicht alle!"

Am nächsten Morgen, als das Mädchen austrieb, stand der junge Herr schon wanderfertig in der Heckentür des Wirtsgartens und wartete auf die Gänsegilli. Die nickte ihm fröhlich zu, und sie gingen wieder zum Moor hinab. Als sie aber aus dem Dorf waren und die Leute sie nicht mehr sehen konnten, da nahm er sie in den Arm. Der Gänsegilli klopfte zwar das Herz, doch sie ließ es sich gefallen. Auf der Bülte war es dann fast noch schöner als gestern. Und als er ihr erzählte, daß er auch etwas von Musik verstünde, zog sie ihre kleine Mundharmonika aus der Tasche, gab sie ihm, und er mußte spielen. Sie tanzte dazu zwischen den hohen Blumenstengeln, daß er wie verzaubert dasaß. Als sie aufhörte, nahm er sie in die Arme und sagte: „Vieles hab' ich gesehen in dem Schloß meines Vaters, aber so etwas Liebliches, Gilli, noch nie." Sie sah ihn groß an: „Wer bist du denn?" Da mußte er es sagen, daß er der Sohn des seligen Königs sei, und der alte Herr, der mit ihm gekommen, sein Arzt. Jetzt aber fühle er sich wieder ganz gesund, und daran wäre nur Gilli schuld. Und er küßte sie, und sie küßte ihn, und er versprach ihr, nun alle Tage mit ihr zu gehen. Wenn aber die Störche und Schwalben wegzögen, dann ginge auch er. Doch vor dem ersten Schnee schon käme er zurück, mit goldenem Wagen, um sie als seine Königin heimzuholen. Und sie freuten sich beide. Bald aber lagen sie wieder im Gras und guckten den Heupferden zu und bauten Burgen aus Steinen und Schneckenhäusern. Dann tanzte sie wieder, daß er meinte, er sei mit der Bülte in den blauen Himmel gefahren, und schließlich lief sie um den Hügel herum, und er mußte sie fangen. Als er sie hoch in einem alten Weidenbusch aufstöberte und sie ihm von oben her in die Arme sprang, hatte sie schon wieder den Frosch gerufen und ihn um ein Mittagsbrot gebeten. „Aber, Queck", hatte sie gesagt, „diesmal darf es schon etwas Besseres sein. Denn, mußt du wissen, heute bin ich Braut geworden." Der Frosch wünschte ihr Glück und versprach, für ein gutes Essen zu sorgen. Als sie dann ihr Milchkrüglein ausgrub, war roter Wein darin, und in dem Butterbrotpapier Kuchen mit Rosinen und Mandeln und Schokoladenguß darüber. Da tafelten sie herrlich und in Freuden, und der Königssohn lobte die Bauern, daß sie ihr Gänsemädchen so wohl versorgten. Die Gilli aber lächelte und sagte nichts.

So spazierten sie nun alle Tage mit den Dorfgänsen ins Moor. Derweil ließ der gute Doktor im Wirtshaus es sich wohlsein und pflegte sein Bäuchlein. Jeden Tag aber schrieb er der Königin, ihrem Sohn ginge es von Stunde zu Stunde besser. Und niemand wüßte, daß er der künftige König sei. So könnte er frei mit den Bauernkindern hinaus in die frische Luft und die Gänse hüten. Gerade das bekäme ihm gar so gut.

So ging der Sommer mit dem Prinzen mit vielen Freuden hin, und als die Störche und die Schwalben südwärts zogen, war er so gesund, wie er nie gewesen. Im wehenden Gras der Bülte nahm er Abschied von der Gänsegilli, und immer wieder bat sie ihn und sagte: „Vergiß mich nicht!" Als er dann heim in die Königsstadt kam und in das Schloß, freute sich alles Volk, wie gesund er aussah. Der Arzt erhielt dafür einen hohen Orden. Sowie der Prinz mit seiner Mutter allein war, sagte sie zu ihm: „Jetzt bist du ganz genesen und kannst dir eine Frau suchen. Die schönste Prinzessin wird mit Freuden ja sagen, wenn du um sie anhältst. An eurem Hochzeitstag aber sollst du das Reich deines Vaters übernehmen." – „Oh", sagte der Prinz, sie brauche sich keine Mühe zu geben. Er hätte sich schon eine Braut gewählt, wie in sieben mal sieben Königreichen keine schönere lebe – die Gänsegilli vom Dorfe. Die Königin sagte nichts, aber als der Prinz zu Bett ging, mischte sie ihm einen Zaubertrank, und kaum hatte er den getrunken, da schaute er eine Weile seine Mutter an, fuhr sich mit der Hand über die Stirn und fragte, ob man nicht ein großes Fest veranstalten sollte und die schönen Prinzessinnen alle dazu einladen? Denn mit dem Zaubertrank hatte er Gilli ganz vergessen. Da freute sich die Königin und sandte Boten zu den Nachbarkönigen, der Sohn wäre nun genesen, und darum gäbe sie ein Fest, drei Tage lang. Es gab keinen, der nicht mit Freuden gekommen wäre. Und nicht lange, da rollten die Wagen der fremden Könige in die Hauptstadt ein. Alle waren sie selber erschienen mit ihren Frauen und Töchtern, vielem Gefolge und schönen Damen. Im Schmuck von Fahnen und Girlanden stand die Königsstadt, Tag und Nacht erstrahlte der Palast von Lichtern. Eine Woche lang wurde in der Hauptstadt gebuttert und gebacken, gewurstet und geselcht, gebraut und gesotten. Überall quiekten die Schweine, die

Köchinnen liefen den Putern, den Enten und Hühnern nach, Weinfässer wurden über die Straßen gerollt und die Teiche leergefischt. Die Frauen und Mädchen nähten bis in die Nacht an neuen Kleidern, Händler boten Fähnchen von hunderterlei Farben feil mit Adlern und Löwen, Sternen und Monden, Büffeln, Greifen und Wappenbären. Der Königssohn selber aber empfing im Palaste all die fremden Prinzessinnen, wie sie kamen und gleich den Sternen am Abendhimmel aufgingen, eine noch schöner als die andere.

Auch die Gänsegilli im Dorf hörte davon, und sie war traurig, daß der Prinz sie vergessen hatte. „Gewiß haben sie ihm etwas angetan", dachte sie, und in ihrer Not ging sie zu der Bülte hinaus und weinte in die windverwehte welke Wiese. „Ich muß Queck, den Frosch, rufen", dachte sie schließlich, und sie sagte ihr Sprüchlein:

„Queck auf der Bülte,
Queck in dem Sumpf,
Es ruft Gänsegilli,
Gänsegilli, die ruft!"

Schon hüpfte der Frosch aus einem Grasbüschel heran: „Nun, Gänsegilli?" Da klagte ihm das Mädchen sein Leid. „Ei, Gänsegilli", sagte der

Frosch, „geh auch du zu dem Feste, dann wird er dich schon erkennen!" Und er klopfte mit dem linken Füßchen auf die Erde, da polterte eine Truhe aus der Tiefe mit silberseidenen Kleidern, silbernen Schuhen, seidenen Strümpfen und einem Diadem von Edelsteinen, und alles paßte Gilli wie angeschneidert. Dann pochte er noch einmal auf die Erde, und schon stand ein silberner Wagen da mit vier weißen Pferden, einem silbernen Kutscher und zwei silbernen Lakaien. Gilli stieg ein, und der Wagen jagte die Bülte hinab durch das Moos und der Hauptstadt zu. Als er am Palaste hielt, war das Fest längst im Gange. Die Gänsegilli lief die Treppen empor und kam oben in hohe Säle, die im Licht von tausend Kerzen flammten. Sie schritt hindurch, und da gewahrte sie der Königssohn. Sogleich kam er ihr entgegen, und als er sah, wie schön sie war, ließ er sie den ganzen Abend nicht mehr von seiner Seite und tanzte nur mit ihr. Er erkannte sie aber nicht. Nur einmal glückte es seiner Mutter, ihn beiseitezunehmen, und sie flüsterte ihm zu: „Die nimm! Sie ist die Schönste von allen, gewiß die Tochter des Königs von den silbernen Bergen!" Er nickte nur und eilte wieder zu ihr zurück. Auf einmal aber schlug es zwölf, da tanzte Gänsegilli mit ihm in der Nähe einer Tür, und schon war sie hinaus und verschwunden. Der Prinz eilte ihr nach, aber er sah nur noch, wie sie auf dem Schloßhof in einen silbernen Wagen stieg und den Schlag hinter sich zuzog. Da knallte der silberne Kutscher auch schon mit der silbernen Peitsche, die silbernen Lakaien sprangen hinten auf, die Pferde zogen an und jagten zu den Toren hinaus. Ehe sie sich's versah, war Gänsegilli wieder an der Bülte und stieg aus. Der Wagen aber samt Pferden, Kutscher und Lakaien war verschwunden. Nun zog sie ihre silbernen Kleider aus und legte sie wieder in die Truhe, die auf der Stelle versank. Und sie schlich heim in ihr Kämmerchen. Doch andern Abends war sie beizeiten wieder im Moor und rief:

„Queck auf der Bülte,
Queck in dem Sumpf,
Es ruft Gänsegilli,
Gänsegilli, die ruft!"

Diesmal sprang der Frosch unter einem grauen Rindenstück hervor, klopfte wieder auf den Boden, und in der Truhe, die heraufkam, fand das Mädchen heute ein goldenes Kleid, goldene Schuhe und ein Krönlein von Gold und Juwelen. Unter der Bülte aber stand ein goldener Wagen mit goldenem Kutscher, goldenen Lakaien und sechs Goldfüchsen. Sogleich kleidete Gilli sich um, setzte sich in den Wagen, und noch schneller als gestern jagten die Pferde über den Sumpf. Wieder lief Gilli im Palaste die taghell erleuchteten Treppen empor, durch viele Säle, und an der Tür des letzten stand der Königssohn. Der hatte schon auf die silberne Prinzessin gewartet, und als er sie nun in Gold sah, war er außer sich vor Entzücken. Glückselig tanzte er mit ihr und tanzte mit keiner andern den ganzen Abend. Mitten im Tanz aber summte sie auf einmal:

„Sonn' auf der Bülte,
Sonn' überm Moor,
Falter, die flügeln,
Wind weht im Rohr –"

Da horchte er auf. „O du meine Schöne", sagte er, „welch seltsames Lied! Ist mir doch, als hätte ich's einmal im Traum gehört, und nie wieder hatte ich einen so süßen Traum." Er erkannte Gilli aber noch immer nicht. Doch die Königin flüsterte ihm wieder zu: „Die nimm! Noch schöner ist sie als gestern die Silberne, und gewiß ist sie die Tochter des Kaisers von den goldenen Inseln!" Sie hatte es nicht gemerkt, daß die Silberne und die Goldene ein und dasselbe Mädchen waren. Und der Königssohn tanzte weiter mit seinem Goldmädchen, bis es zwölf schlug. Da verschwand sie wieder, und er sah nur noch die goldene Kutsche mit den sechs Goldfüchsen durch die Schloßtore jagen.

Als Gänsegilli dann am Moorhügel ankam, legte sie ihre goldenen Kleider wieder ab und ging heim. Am nächsten Abend rief sie zum dritten Male den Frosch:

„Queck auf der Bülte,
Queck in dem Sumpf,
Es ruft Gänsegilli,
Gänsegilli, die ruft!"

Sie mußte ein ganzes Weilchen warten, bis der Grüne aus einem Moorloch hervorkam. „Da hast du Glück gehabt, Gänsegilli", sagt er, „denn eben wollte ich mich drunten im Reich der alten Sumpfkönigin zur Winterruhe legen. Merkst du nicht, wie eisig der Wind über das Moor bläst?" Ja, der Gänsegilli war es schon recht kalt geworden in ihrem dünnen Kleid. Und sie freute sich, als der Frosch wieder die Truhe aus der Erde klopfte. Diesmal aber war nichts darin als ein Umhang aus weißem Hermelin, weiße Schuhe, weiße Strümpfe und dazu ein langer Schleier aus weißer Seide mit silbernen und goldenen Sternen. Vor die weiße Kutsche, die hinter ihr stand, waren acht weiße Pferde gespannt. Gänsegilli hängte nur den Hermelin um und warf den weißen Sternschleier über Haar und Schultern. Dann stieg sie ein, und der Wagen fuhr los, daß die vielen Hufe klapperten, denn über Nacht war das Moor gefroren. Als der Wagen auf die Landstraße kam, fing es sogar in dicken Flocken zu schneien an. Schneeflocken flimmerten noch auf Gillis Mantel und um die Sterne des Schleiers, als sie durch die Säle des Palastes ging. Mitten im Tanz aber blieben alle stehen, als sie kam, und die Musikanten hörten zu spielen auf. So schön war sie. Da sah sie auch schon den Prinzen kommen. Langsam nestelte sie den Hermelin auf, ließ ihn von den Schultern fallen, schlug den Schleier zurück, und nun stand sie da in ihrem roten Kleidchen mit den gelben und blauen Blümchen. Dem Prinzen aber gingen die Augen auf, da er sie sah und sie auf ihn zuging, als liefe sie durch das Gras der Bülte. „Mohnblume“, rief er, „nun bist du endlich gekommen!“ Und er nahm sie in die Arme und küßte sie. Und schon fiel die Musik wieder ein, und alle riefen sie „Vivat“ und „Hoch!“ Sogar die fremden Königstöchter kamen und gratulierten, denn eine schönere Braut als die Gänsegilli konnte keine sich denken. Auch die Königin war's gerne zufrieden, und sie sagte: „Mein Sohn, die ist noch schöner als die Tochter des Königs von den silbernen Bergen und die Tochter des Kaisers der goldenen Inseln!"

„Sicher!" nickte der Königssohn, „sie ist ja auch die Gänsegilli von der Bülte im Moor!" Noch am selben Abend feierten sie ihre Hochzeit. Bis zum heutigen Tag aber führen sie im Wappenschild einen grünen Frosch.

Hornickel

Es war einmal ein König, der tat nichts lieber als mit seinen Jägern auf die Jagd reiten. Nun war er wieder einmal gerade um die Mittagszeit im Walde. Der Tag war heiß, deshalb saß der König mit seinen Herren beim Frühstück im Schatten einer alten Eiche. Eine Flasche Wein nach der andern trug der Mundschenk heran; die hatte er schon am Morgen nahebei in eine Quelle zum Kühlen gelegt. Als er nach dem Essen wieder zum Brunnen kam, um den übrigen Wein in die Kiste zu packen, da schrie er alle Leute zusammen. Denn im Gras dicht bei dem Wasser zwischen Kresse und Butterblumen schnarchte ein wilder Waldkerl. Ein Zottelfell hatte er, Bockshufe statt der Füße und auf der Stirn ein Paar Hörnchen. Waldefeu war um seinen Kopf geschlungen wie ein Kranz, und um ihn herum lagen viele Weinflaschen, die er alle leergetrunken hatte. „Den fangen wir!" rief der König, als er ihn sah, und die Jäger mußten Vogelnetze über den Waldmann werfen. Da erwachte er, schaute verstört um sich und wollte aufspringen. Aber immer mehr verwickelte er sich in das Netzwerk, und schließlich konnte er sich nicht mehr rühren und regen. „Wer bist du?" fragte der König. Aber der wilde Mann gab keine Antwort, wie man auch auf ihn einredete.

Da ließ ihn der König auf den Jagdwagen bringen und hinab in die Stadt fahren. Dort befahl er, für ihn einen Käfig aus vergoldeten Eisenstangen zu schmieden. In den Käfig ließ er ihn einschließen, und alles Volk konnte ihn auf dem Hof des Palastes besehen. Dem König aber wurde das bald zu lästig. Da kam der wilde Mann in den zoologischen Garten, wieder in ein vergoldetes Käfighaus. Noch immer sprach er kein Wort. Auch kein Essen rührte er an. Nur wenn der Junge des Wärters in heimlichen Abendstunden zum Käfig kam und ein paar Äpfel oder Birnen hineinreichte, dann nahm er sie. Aber er sagte nichts.

Mitten in einer Juninacht wurde der Junge wach. Der Mond schien durch das offene Fenster, und alle Bäume und Büsche standen in Blüten. Der ganze große Garten aber war von einem gewaltigen Gesang erfüllt, so herrlich, wie der Junge nie etwas vernommen. Als er zum Fenster hinausschaute, rührte sich kein Blatt und kein Zweig, kein Wölkchen wehte vor den Sternen her, und es war, als stünde sogar der Mond still und hörte zu. „Der wilde Mann singt", dachte der

Junge, sprang in die Kleider und lief in den Garten hinab. Wo er vorüberkam, da standen die Tiere und horchten, die Löwen und Tiger, die Bären und Panther. Die Affen hockten auf ihren Felsen zusammen, die Elefanten waren aus ihren Häusern gekommen und hatten die großen Ohren aufgeklappt. Die Fische schauten Kopf an Kopf aus dem Wasser der Teiche, und die Seehunde saßen auf den Steininseln und lauschten.

Endlich war der Junge an dem vergoldeten Käfig, und richtig, der wilde Mann stand an seinem Gitter und sang in die Nacht hinaus. Nicht ein Wort verstand der Junge, aber er wagte kaum zu atmen, so schön war der Gesang. Und als der wilde Mann endlich schwieg, da hallte es noch lange nach aus fernen Bergen und Wäldern. Aus dem Garten aber wehte ein unermeßliches Seufzen, ein Stöhnen aus allen Käfigen und Gehegen. Die Adler schrien in ihrem Gitterhaus, und die Elefanten trompeteten laut zum Monde hinauf. „O du armer, herrlicher wilder Mann", rief der Junge endlich, „könnte ich dir doch helfen!" – „Das kannst du", sagte da auf einmal der wilde Mann, „laß mich aus dem Käfig, und ich will dich reich belohnen." – „Vielleicht vergesse ich einmal die Türe abzuschließen", erwiderte der Junge,

„wenn ich samstags bei dir fege." Der wilde Mann schüttelte den Kopf. „Nein, denn jetzt haben sie mich singen gehört, und ich mußte wieder einmal singen, sonst wäre mir das Herz zersprungen. Aber nun wird der König mich hinter doppelte und dreifache Riegel sperren." – „Dann gedulde dich ein Weilchen", sagte der Junge. Er wußte nämlich, wo sein Vater den Schlüssel verwahrte. Nicht lange, da kam er zurück und schloß den Käfig auf: „So, wilder Mann, nun geh, wohin du willst!" – „Ja", erwiderte der Waldmann, „ich gehe fort, und niemand wird mich mehr sehen. Nur dir will ich meinen Namen sagen. Wenn du einmal in Not bist, dann geh in den Wald hinauf und ruf: ‚Hornickel! Hornickel!' Dann will ich kommen und dir helfen." Sprach's, sprang hinaus in den Garten und war in den Goldregenbüschen verschwunden. Da verschloß der Junge den Käfig, hängte den Schlüssel an seinen Platz und legte sich zu Bett.

Andern Tags schon in der Frühe war die ganze Stadt zum Zoo auf den Beinen; alle hatten sie den nächtlichen Gesang gehört. Aber niemand wurde eingelassen. Die Wärter hatten bereits entdeckt, daß der Käfig des wilden Mannes leer war; dabei war die Tür fest verschlossen, und der Schlüssel hing an dem gewohnten Haken. Auch keine

Stange war verbogen und keine Lücke im Dach. Die Polizei suchte alle Winkel des Gartens ab, doch nirgends war der wilde Mann zu finden. Der König war außer sich vor Zorn. Denn einen wilden Mann hatte sonst keiner von allen Königen der Erde je gehabt. Er zog fast Tag für Tag zur Jagd in die Wälder und ließ an jeder Quelle ein paar Flaschen vom besten Wein auslegen. Die waren denn auch, sooft die Jäger nachschauten, leergetrunken. Aber der wilde Mann lag nicht mehr daneben im Gras. Nur grölten immer öfter betrunkene Handwerksburschen und Holzhauer in der Stadt herum.

„Haben sie den wilden Mann gefunden?" fragte die Königstochter jeden Abend, wenn der Vater zurückkam, „denn ich muß seinen Gesang wieder hören, sonst sterbe ich." Sie wurde von Tag zu Tag trauriger und bleicher. Der König ließ die berühmtesten Ärzte kommen, aber keiner konnte ihr helfen. Die besten Sänger mußten ihr vorsingen, aber immer winkte sie müde ab – nein, der Gesang des wilden Mannes sei unendlich schöner. Da gab der König in allen Landen bekannt, wer ihm den wilden Mann zurückbrächte, der bekäme die Prinzessin und gleich am Hochzeitstage das halbe Reich. Bald reisten die jungen Leute von nah und fern heran, Könige und Königssöhne, Edle und Bürgerliche, fahrende Studenten und junge Jäger. Mit Netzen und Wurfschlingen wilderten sie durch den Busch, hoben Wolfsgruben aus und stellten Fallen. Aber der wilde Mann ließ sich nirgendwo blicken.

Nur der Wärterjunge hörte von alledem nichts. Denn sein Vater hatte ihn in eine ferne Stadt auf die hohe Schule geschickt. Dort studierte er fleißig, und zudem hatte seine Wirtin eine schöne Tochter. Mit der ging er in den lauen Frühlingsdämmerungen spazieren, und im Winter saß er fast alle Abende mit ihr im Theater. Denn sie hörte für ihr Leben gern Musik. „Ach, könnte ich auch so singen!" sagte sie oft. Der Student aber, sowie er einen großen Sänger hörte, flüsterte jedesmal dem Fräulein zu: „Nicht übel! Doch wenn das erst der wilde Mann sänge!"

So kam der Sommer, und mitten im Sommer war der Geburtstag des Mädchens. „Was soll ich ihr schenken?" dachte der Student, der auf Heller und Pfennig nur so viel Geld hatte, wie er zum Studieren brauchte. In dieser Not fiel ihm der wilde Mann ein. Am Morgen vor dem Geburtstag ging er den Berg hinauf und in das Dickicht. Derweil war es Mittag geworden, und die Sonne brannte in den Wald hinab. Kein Lüftchen regte sich, kein Vogel sang. Es war eine ungeheure

Stille. Da blieb der Junge stehen und rief: „Hornickel! Hornickel!" Sogleich tat sich vor ihm ein Geißblattbusch auf, und der wilde Mann trat heraus, über und über mit Waldefeu behängt. „Nun, du hast dich die ganze Zeit ja nicht sehen lassen", sagte er, „willkommen im Wald!" – „Ich hätte aber eine Bitte, Hornickel", erwiderte der Student. „Weiß schon", nickte der wilde Mann, „deinem Mädchen möchtest du den großen Gesang schenken, nicht bloß Lürelür und Lititi!" – „Ja, Hornickel", sagte der Junge, „geht das zu machen?" Da stampfte der wilde Mann mit dem Bockshuf auf die Erde, und sogleich sprudelte zwischen Moosen und Farnen eine klare Quelle aus dem Gestein. Dann griff er hinter sich und langte eine leere Weinflasche aus dem Busch; die füllte er mit dem eisigen Quellwasser und sagte: „Das soll sie trinken!" Sprach's, sprang wie ein Bock in den Wald und war verschwunden. Der Student aber tat, wie ihm geheißen war, und das Mädchen wunderte sich sehr, als es von ihm nur Wasser zum Geburtstag bekam. „Wirst schon sehen", lachte er und gab keine Ruhe, bis sie die Flasche Glas um Glas leergetrunken hatte. Dann sah sie ihn an. „Wie wird mir?" sagte sie, „als wenn ich nichts als singen müßte!" Und sie sang und sang so herrlich, wie er nur einmal in seinem

Leben singen gehört, als der wilde Mann aus seinem Käfig in die Mondnacht hinaussang. Im Nu gingen alle Fenster in der Nachbarschaft auf. Die Leute auf der Straße blieben stehen und lauschten, sogar die Pferde gingen keinen Schritt von der Stelle, solange das Mädchen sang. Am nächsten Abend schon sang sie im Theater, wo der ganze königliche Hof erschienen war. Schnell ging nun die Kunde durch alle Reiche, und eines Tages kam auch der König, dem der wilde Mann entflohen war, mit seiner kranken Prinzessin angereist. Schön und bleich saß die Königstochter in ihrer Loge. Aber als die Sängerin zu singen begann, färbten sich die Wangen, und ihre Augen strahlten. „Ich hörte noch keine Stimme wie diese", sagte sie hinterher, „aber der Gesang des wilden Mannes war es noch immer nicht." Doch der König freute sich schon, als er sah, wie seine Tochter wieder ein wenig aufblühte. Er litt es gern, daß die Sängerin von nun an alle Tage um sie war. So wurden die beiden Mädchen Freundinnen. Auch der Student ging am Königshof ein und aus.

Aber die Prinzessin wurde noch immer nicht gesund. In den Sommernächten saß sie lange am offenen Balkonfenster. „Ach, wenn ich nur einmal noch den Gesang des wilden Mannes hören

könnte", sagte sie zu der Freundin. Die erzählte es dem Studenten und drängte ihn: „Du bist der einzige, der ihr helfen kann!" Er nahm also Urlaub und wanderte wieder in den Wald hinauf. Bald hatte er die Quelle gefunden, die der Bocksfuß aus der Erde getreten. Und er rief: „Hornickel! Hornickel!" Im Augenblick teilte sich der Busch, und der wilde Mann stand vor ihm. „Nun", fragte er, „kann sie singen?" – „Herrlich!" rief der Student, aber jetzt hätte er eine andere Sorge. Er erzählte, daß die Königstochter so krank sei nach seinem Gesang. Des wilden Mannes Gesicht strahlte: „Dann ist sie es, die ich schon lange suche!" erwiderte er, „sag ihr also, wenn sie mich heiraten will, dann soll sie meinen Gesang alle Tage hören. Am Mittag vor der Mittsommernacht Schlag zwölf muß sie hier an der Quelle sein. Der ganze Hofstaat darf sie begleiten. Dann aber muß sie allein in diesen Geißblattbusch gehen!" Sprach's und verschwand in den Wald.

Der Student eilte sogleich in die Stadt und brachte der Prinzessin die Kunde. Die war vor Freude außer sich. Auch der König kannte sein Mädchen kaum wieder, so gesund und schön sah sie plötzlich aus. „Vater, ich heirate den wilden Mann!" rief sie. Da wollte der König dies und das und jenes und noch etwas einwenden, aber die

Prinzessin blieb dabei: „Ich heirate den wilden Mann, oder ich sterbe!" Da gab der König nach und ließ die Hochzeit vorbereiten, denn es war nur noch eine Woche bis zur Mittsommernacht.

Als der Tag herangekommen war, begannen schon in der Frühe von allen Türmen die Glocken zu läuten. Als es auf den Mittag ging, fuhren die königlichen Wagen einer hinter dem anderen festlich geschmückt den Berg hinan. Es folgte ihnen die ganze Stadt, groß und klein. Der Brautkutsche, die über und über mit Rosen bekränzt war, gingen in bunten Kleidern die Mädchen voran, Blumenkränze im Haar. Bald kam der Zug zwischen Kornfeldern her, und über ihm sangen die Lerchen, dann durch die Heide, an Birken, Wacholdern und Hagrosenbüschen vorbei, bis er endlich im Walde anlangte. Kaum war der erste Wagen hineingefahren, da hörten drunten die Glocken zu läuten auf. Mit einemmal war es still. Doch dann scheuten plötzlich die Pferde, und die Kutscher mußten vom Bock, sie am Zügel führen. Denn rechts und links vom Wege standen jetzt, Kopf an Kopf, die Tiere des Waldes, die Eichhörnchen, die Mäuse, Ohr bei Ohr die Hasen, die Füchse, die Dachse, Rehe und Hirsche, Wölfe und Bären, lange, lange Reihen, und nicht ein Plätzchen am Wegrande war mehr frei. Tiefer noch wurde der Wald, und nun bildeten die Tiere aus Wüste, Urwald und Dschungel Spalier, Tiger und Löwen, Leoparden und Panther, Nashörner und Zebras, die Affen und zuletzt die Elefanten. Zitternd und bebend zogen die Leute vorbei. Aber die Tiere rührten und regten sich nicht. Hinter ihnen fing dann erst recht der Schauer der Wälder an. Denn nun säumten die Wege die Geister der Wildnis, das ganze Volk des Großen Pan, alle ihren Ordnungen nach, die Zwerge und die Kobolde, Baumkerle und Moorweiber, die schönen Feen und die krummen Waldfrauen, die Nixen, Brunnenmänner, Holden und Unholden. Der Atem stockte den Menschen, als sie so mitten durch die Heerscharen des wilden Mannes zogen.

Endlich kamen sie an die Quelle. Dort stieg die Prinzessin aus, nahm Abschied von ihrem Vater und der Freundin, und als dann aus dem Tal drunten die Mittagsstunde von den Türmen schlug, breitete sie mit beiden Armen den Geißblattbusch vor sich auseinander. Der aber öffnete sich schon von selbst, und kaum war die Braut in die Lücke getreten, da schloß er sich hinter ihr, und sie war verschwunden. Nicht einmal die Blätter rauschten ihr nach. Als die Uhren dann ausgeschlagen hatten und weit und breit nichts mehr war als die große Stille des Waldes, da kehrte der Zug um. Von den Geistern und den Tieren allen aber war auch nicht die Spur mehr zu sehen.

So feierte nun die ganze Stadt ohne Brautpaar das Hochzeitsfest bis tief in die Johannisnacht hinein. Plötzlich aber, um die Mitternachtsstunde, stockte der Tanz, die Musik schwieg, und alle lauschten in die flimmernde Stille hinaus. Denn fern vom Wald her sang auf einmal der wilde Mann, und um seine Stimme rankte und schmiegte, bog und wob sich eine wunderbare Frauenstimme, und die sangen nun über alle Berge hin, und ihr Gesang war von einer Herrlichkeit ohnegleichen. Und sie sangen, bis in der ersten Morgenfrühe im Osten die Höhen wieder grauten. Niemand ging in dieser Nacht zu Bett. Auch der König stand all die Stunden auf dem Balkon und lauschte schweigend hinaus. Seine Tochter hat er aber nie wieder gesehen. Dafür hörte das ganze Land von nun an oft und oft den wilden Mann singen, und am schönsten sang er, wenn der volle Mond über den Bergen hing oder um die sommerliche Mittagsstunde, wenn alle Wälder schwiegen.

Der Student und die Sängerin aber blieben bei dem König, und als der alte Herr starb, wurde der Wärterjunge sein Nachfolger. Nie war das Land glücklicher gewesen als unter dem neuen König und seiner Königin. Denn es heißt, daß er, sooft er Rat und Hilfe brauchte, hinauf wanderte in den Wald zu der Quelle und „Hornickel! Hornickel!" in den Geißblattbusch rief. Viele sagen sogar, er und die Königin hätten Gevatter gestanden über den Kindern des wilden Mannes und der Königstochter.

Das Töpfchen Pronobis

Es lebte einst eine Witwe, die hatte zwei Töchter, und davon war die eine mit Namen Mettie ihr Stiefkind. Darum wurde die Mettie immer geschubst und gestupst und an die schwerste Arbeit geschickt; die Mutter gab ihr auch die schlechteren Kleider, und sonntags bekam sie das kleinste Stück Kuchen. Sie mußte wischen und waschen, die Schuhe putzen, die Strümpfe stopfen und die Betten machen. Aber sie tat es willig und mit Fröhlichkeit, und ihre Schwester Illi war auch lieb und gut zu ihr. Sie steckte ihr heimlich von dem eigenen Kuchen zu und schlich spät in der Nacht zu ihr hinab und half ihr beim Nähen.

So wuchsen die Mädchen in die Jahre, da sie etwas lernen mußten. Illi, die eigene Tochter, kam auf eine feine Schule, um ein richtiges Fräulein zu werden. „Und Mettie?" fragte Illi. „Die kann meinetwegen bei der alten Hanebutte das Hexen lernen!" sagte die Mutter verächtlich. Es wohnte nämlich draußen vor den Toren in ihrem windschiefen Häuschen eine alte Frau, die lebte recht und schlecht davon, daß sie auf den Äckern Kamille und Pfefferminze sammelte und herbsttags an den Wegen die Hagebutten. Darum hieß sie überall die alte Hanebutte. Die Leute munkelten, sie wüßte Bescheid in allerlei finsteren Handwerken, um die Walpurgiszeit und in den Rauhnächten wollte manch einer gesehen haben, wie sie auf dem Besen aus ihrem Schornstein zum Blocksberg fuhr. Bei der klopfte nun am gleichen Tag noch die Mutter der Mädchen an und sagte, sie hätte eine Stieftochter, die nichts tauge, und ob sie die nicht in Zucht und Lehre nehmen wolle? Alle paar Tage müßte die freche Kröte die Rute haben, dann würde vielleicht noch etwas aus ihr. „Gut!" sagte die Alte, das Mädchen solle nur kommen. Mettie mußte also ihr Bündel schnüren. Aber die alte Hanebutte empfing sie so freundlich, wie das Mädchen zu Hause es nie gekannt hatte. Und als es die Hanebutte recht besah, da war die gar nicht so schrecklich anzusehen, wie die Leute sagten, sondern eine schöne alte Frau. Mettie mußte sich also setzen, und die Hanebutte ging in das Nebenzimmer, holte Kaffee und Kuchen und deckte den Tisch. „Ich kenne dich ja längst, Mettie", sagte sie, „und ich weiß, daß du ein gutes Kind bist. – Dir soll es auch gut gehen bei mir, wenn du weiter so fleißig und fröhlich bist." Da freute sich Mettie, und nun durfte sie eine geschlagene Stunde mit der Hanebutte Kaffee trinken und erzählen. Dann wusch sie das

Geschirr, fegte die Stube, kehrte die Treppe, und als es dunkel wurde, mußte sie der Alten aus einem dicken Buche vorlesen. Endlich sagte die Hanebutte: „Jetzt ist Abendbrotzeit!" – „Soll ich es zurechtmachen?" fragte das Mädchen. „Zurechtmachen? Dummes Zeug!" erwiderte die Alte, ging wieder durch die kleine Tür in das Nebenzimmer, und im Augenblick kam sie zurück mit einer Schüssel dampfender goldgelber Eierkuchen.

Damit fing für Mettie ein schönes Leben an. Sie schaffte von früh bis spät, hielt das Häuschen blitzsauber, half der Alten beim Kräuterbinden, und abends las sie ihr vor. Nur durfte sie nie das Zimmer betreten, aus welchem die Hanebutte immer das Essen holte. Oft nahm die Frau sie auch mit in den Wald, zeigte ihr Kräuter und Blumen und erklärte ihr, wozu ein jedes gut und heilsam wäre. Wenn sie dann heimkamen, ging die Frau in das Nebenzimmer, und kaum war die Tür hinter ihr ins Schloß gefallen, kam sie mit dem fertig gekochten Essen zurück. Manchmal war Mettie auch lange Tage allein. Dann sagte die Alte vorher: „Nun hüte mir fein das Haus, und geh mir ja nicht in das verbotene Zimmer." Wenn dann das Mädchen im Bett lag und der Mond durch das Fenster schien, ruschelte und fegte es auf einmal durch den Schornstein, und es pfiff über das Dach hin, als sausten Birkenreiser im Wind. Doch schon war es wieder still. Am Morgen war die Frau des Hauses dann nirgends mehr zu sehen – bis es eines Nachts wieder über das Dach pfiff und den Kamin herabfegte – und dann saß die Hanebutte am Morgen vorm Kaffeetisch, als wäre sie gar nicht fortgewesen.

So ging der Sommer vorüber, es wurde Winter, wieder Sommer, der Herbst kam, und bald waren die heiligen Nächte da. Schneesturm wehte um das Haus und heulte den Kamin herab, daß die Funken auf dem Herd nur so stoben. Da sagte die Alte zu dem Mädchen: „Kind, meine Zeit ist nun um, aber Geld und Gut kann ich dir nicht zum Lohne geben. Darum will ich dir mein Töpfchen Pronobis schenken." Und sie nahm Mettie zum ersten Mal mit in die verbotene Stube. Da stand nun nichts als ein kleines Tischlein und darauf ein irdenes Töpfchen. „Das ist mein Töpfchen Pronobis", sagte die alte Hanebutte, „halt es hoch in Ehren, und wenn du klug bist, dann verrätst du keinem sein Geheimnis. Wenn du ihm nämlich höflich die Zeit sagst und deinen Wunsch: ‚Töpfchen, Töpfchen, laß dir sagen, eben hat es eins geschlagen – Pronobis, Pronobis', dann sagt das Töpfchen ‚Mahlzeit' – und du kannst dir herausnehmen, was du dir gewünscht hast." Da freute sich Mettie. Aber sie fragte: „Wohin willst du denn, Mütterchen Hanebutte?“ – „Dahin, woher ich nie zurückkehre“, erwiderte die Alte, „aber sorge dich nicht, denn du hast ja das Töpfchen Pronobis!“ Sie nahm ihren Reiserbesen aus dem Kaminwinkel, bestrich ihn mit Salbe und befahl ihm: „Durch den Schornstein über Heide und Holz!“ Und schon fuhr der Besen mit ihr die Esse empor, daß der Ruß in Wolken hinter ihr herabstob. In einem aber brauste ein Wetter los, als wollte es das Häuschen in alle vier Winde fegen. Der Sturm pfiff um Giebel und Dach, und Schneeflocken wirbelten durch den Kamin auf den Herd. Da fürchtete sich das Mädchen, nahm sein Töpfchen, und als der Wind für ein Weilchen verschnaufte, lief es hinaus und so schnell es konnte in die Stadt, bis es zu dem Hause seiner Mutter kam. Die saß gerade mit ihrer rechten Tochter vorm Weihnachtskuchen. Schon wollte sie über Mettie herfahren, da sagte die: „Sei mir nicht böse, Mutter, und sieh nur, was die Hanebutte mir zum Abschied geschenkt hat!“ Damit packte sie das Töpfchen aus der Schürze. „Dieser alte Scherben?“ rief die Mutter. „Nein“, antwortete Mettie, „das ist das wunderbare Töpfchen Pronobis!“ In ihrer Freude erzählte sie haarklein, wie es um das Töpfchen bestellt war.

„Das wollen wir gleich sehen!" rief die Mutter, setzte das Töpfchen unter den Weihnachtsbaum und sagte zu ihm: „Töpfchen, Töpfchen, laß dir sagen, eben hat es neun geschlagen! Und ich wünsche mir eine Marzipantorte. Pronobis, Pronobis!" – „Mahlzeit!" sagte das Töpfchen, und schon kam die Marzipantorte heraus wie frisch aus dem Backofen. „Das lass' ich mir gefallen!" rief die Mutter, „du bist also doch zu etwas nütze gewesen!" Mettie durfte sogar von der Marzipantorte mitessen, aber als sie nachher zu Bett gehen und ihr Töpfchen mitnehmen wollte, da sagte die Mutter: „Nichts da, du könntest es mir zerbrechen. Ich selber werde es aufheben. Nur ein einziges Widerwörtchen, dann kriegst du die Rute am heiligen Weihnachtsabend!" Da konnte nun Mettie nichts machen. Die Frau aber tat die halbe Nacht kein Auge zu vor Freude über das Glück, das ihr ins Haus geschneit. Sie sann und sann, wie sie das wunderbare Töpfchen nun weidlich nützen könnte. Was half es ihr, wenn es nur Essen kochte? Mitten in der Nacht stand sie auf, ging hinab in die Stube, stellte das Töpfchen vor sich hin und sagte: „Töpfchen, Töpfchen, laß dir sagen, eben hat es zwölf geschlagen. Und ich wünsche mir ein Samtkleid mit Pelz. Pronobis, Pronobis!" – „Mahlzeit!" sagte das Töpfchen, und im gleichen Augenblick kam ein Festkleid heraus, so fein, wie die Frau noch keines gesehen. Da war sie zufrieden. Denn nun wußte sie, daß sie sich alles und jedes aus dem Töpfchen wünschen konnte. Am Weihnachtstag zog sie das neue Kleid an, als sie mit ihren zwei Mädchen zur Kirche ging. Ach, wie alle Weiber sich nach ihr die Hälse verdrehten! Hinterher aber hörte sie, wie eine Frau zu der andern sagte: „Die hat gewiß in der Lotterie gewonnen. Aber sie mag sich herausputzen, wie sie will, die Mettie ist doch tausendmal schöner als sie!" Nun haßte sie das Mädchen noch mehr. Gleich am Mittag wünschte sie aus dem Töpfchen Pronobis für sich und ihre richtige Tochter ein leckeres Essen, Gesottenes und Gebratenes, für Mettie aber nur ein Tellerchen Hering mit Grütze. Das mußte sie noch draußen in der Küche essen. Dann schloß die Frau sich mit dem Töpfchen ein und wünschte sich einen ganzen Kartoffelsack Geld. „Mahlzeit!" sagte das Töpfchen, und der Sack Geld war da. Aber was nun? Vielleicht ein prächtiges Schloß? Doch das getraute sie sich nicht. Denn das Töpfchen hatte bei dem Sack Geld schon arg gescheppert. Und sorglich schloß sie es weg.

Doch es ließ ihr keine Ruhe. Dabei wurde sie immer dicker. Denn alle Tage mußte ihr das

Töpfchen noch leckerer kochen. Von früh bis zum Abend wünschte sie sich bald Gänseleber, bald ein Nußschnittchen, Hühnerbrühe mit Reis, Pastetchen und Kuchen. Mettie stand den ganzen Tag in der Küche und mußte Geschirr spülen. Dabei wurde sie immer schöner und lieblicher. Die Mutter ärgerte sich grün darüber.

Einmal kam nun die Schwester zu Mettie in die Küche, packte allerlei gute Bröcklein aus, die sie ihr aufgehoben, und sagte: „Mettie, ich will heiraten. Das Leben hier kann ich nicht mehr mit ansehen." In diesem Augenblick kam die Mutter hinzu und rief: „Was? Heiraten? Gewiß irgend so einen armen Schlucker! Aber warte nur!" Sie nahm ihre rechte Tochter mit hinaus, holte das Töpfchen hervor und sagte zu ihm: „Töpfchen, Töpfchen, laß dir sagen, eben hat es drei geschlagen. Und ich wünsche mir einen feinen Prinzen für Illi. Goldblond muß er sein und die Haare in der Mitte gescheitelt haben. Pronobis, Pronobis!" – „Mahlzeit!" klirrte das Töpfchen, und schon kam der Prinz heraus, in prächtigen Kleidern, goldblond, in der Mitte gescheitelt und mit goldenem Kronreif. „So", befahl die Frau, „den heiratest du jetzt!" Nun, der feine Prinz gefiel der Illi nicht schlecht, und weil auch sie ein schönes Mädchen war, hatte er durchaus nichts gegen die

Heirat. „Aber, Schwiegermutter", sagte er, „warum habt Ihr mir nicht gleich ein Königreich mitgewünscht?" – „Das kommt eines Tages von selbst", erwiderte die Frau. Denn an einem so großen Wunsch, meinte sie, könnte das Töpfchen leicht in Scherben gehen; einen kleinen Sprung hatte es schon abbekommen. Der Prinz mußte also vorläufig im Hause bleiben, und des Sonntags ging die Frau mit ihm und ihrer rechten Tochter zur Kirche. Die Leute stießen einander an, wenn sie daherkamen in Samt und Seide und Federhüten: „Wer weiß, auch diesen Prinzen Ohneland werden sie in der Lotterie gewonnen haben!" Da giftete sich die Frau noch mehr. Am gleichen Abend wünschte sie sich von dem Töpfchen eine Halskette, die ein Königreich wert wäre – haargenau so eine, wie sie die Frau Königin hätte; denn dafür, meinte sie, könnte sie dem Prinzen gewiß bei nächster Gelegenheit ein anständiges Reich kaufen. Auch die Halskette bekam sie, aber so viel sie auch umherfragte, im Augenblick war nirgend ein Königreich zu haben.

Nun vermißte eben in diesen Tagen die Königin ihr Halsgeschmeide. Und obwohl sie auch den Palast von oben bis unten durchstöberte – es war nicht zu finden. Da sagte eines Morgens ihr Sohn, der junge Kronprinz, zu ihr, er habe in der Kirche eine dicke stolze Frau gesehen, mit demselben Schmuck, den sie verloren. Er wisse sogar, wo sie wohne, denn er habe ihr heimlich nachgespürt. Als die Königin das hörte, riet sie dem Prinzen, er solle als fahrender Schüler in dem Hause vorsprechen und im stillen nachforschen, woher die Frau das Geschmeide habe. Der Königssohn tat, wie seine Mutter ihm geraten, und um die Abendstunde klopfte er an dem Hause an. Es war aber gerade Faschingszeit, und da war die Frau mit ihrer Tochter Illi und dem Prinzen Ohneland auf den Ball gefahren, und nur Mettie war daheim. Sie öffnete die Tür, und als der Königssohn das Mädchen sah, hatte er auch schon seinen ganzen Auftrag vergessen. „Wer bist du?" fragte er, „gewiß eine Fee aus dem diamantenen Schloß im singenden Garten?" – „Nein", sagte das Mädchen, „ich bin nur die Mettie. Macht, daß Ihr weiterkommt, denn wenn meine Stiefmutter uns hier zusammen sieht, dann geht es mir schlecht!" Der Königssohn schüttelte den Kopf: „Nein, solange ich hier bin, geschieht dir kein Leid. Laß mich nur ein, daß wir ein Stündchen miteinander plaudern." Da mußte Mettie ihn gewähren lassen, und er setzte sich in der Küche zu ihr. Sie aber gab sich wieder daran, das Geschirr zu waschen. Da lachte er, nahm es ihr aus der Hand, warf es zum Fenster hinaus und die volle Spülschüssel hinterdrein. „So“, sagte er, „und nun wollen wir plaudern. Habe ich es dir nicht gesagt?“ Das Mädchen bekam zwar einen Schrecken, aber es konnte ihm nicht böse sein. Und sie redeten vom Wetter, wie sich der Vorfrühling so herrlich anließe und wie abends der Himmel so apfelgrün wäre, und daß der Abendstern gerade unter der Mondsichel über dem Wald stünde – nächstens wollte er ihn ihr einmal herunterholen. Da lachte Mettie: „Meine Mutter würde mir etwas anderes sagen!“ Nun fiel dem Königssohn wieder das Halsband ein: „Weißt du, daß meiner Mutter genauso ein Geschmeide verlorenging, wie deine Mutter eins hat?“ – „O weh“, rief Mettie, „vielleicht hat das Töpfchen Pronobis ihr gerade deiner Mutter Halsschmuck gebracht?“ Nun mußte ihm das Mädchen alles erzählen. Kaum aber war es zu Ende, da rasselte draußen ein Wagen heran. „Meine Mutter!“ rief Mettie voller Schrecken. „So spät schon?“ wunderte sich der Kronprinz, und er legte den Arm um sie. „Du ganz schlechtes Frauenzimmer“, schalt die Alte auch sogleich los, „das fehlt gerade noch, hergelaufene Kerle ins Haus zu lassen! Aber warte, jetzt gibt's was!“ – „Halt!“ rief der Fremde, „sie ist meine Braut, und noch in dieser Stunde führe ich sie zu meiner

Mutter. Ich bin der Sohn des Königs!" Die Frau stand da wie vom Donner gerührt. Die Schwester aber fiel Mettie um den Hals und wünschte ihr alles Glück und Gute. „Und nun", fuhr der Kronprinz fort, „will ich das Töpfchen Pronobis sehen!" Da brachte die Frau es zitternd herbei. Der Königssohn besah es von allen Seiten. Dann stellte er es hin und wünschte sich ein königliches Kleid für seine Braut und ein Diadem von lauter Edelsteinen – „Pronobis, Pronobis!" – „Jetzt, alte Hexe", sagte er zu der Stiefmutter, „bist du an der Reihe!" Dann besann er sich eine Weile, schaute auf die Uhr und rief: „Töpfchen, Töpfchen, laß dir sagen, es hat eben eins geschlagen. Und ich wünsche mir für die Frau da einen Mann, wie sie ihn verdient! Pronobis, Pronobis!" – „Mahlzeit!" sagte das Töpfchen. Im gleichen Augenblick tat's einen Knall, und heraus fuhr ein riesengroßer schnauzbärtiger Kerl mit roten Haaren. Das Töpfchen aber lag zersprungen am Boden. Und der wilde Kerl knuffte die Alte in die Rippen: „Ich werde dir beibringen, auf Faschingsbälle zu laufen!" Dann riß er ihr die Kette vom Hals und gab sie dem Königssohn: „Da nimm, es ist die Eure! Denn weil das Töpfchen kein Geschmeide finden konnte, das diesem gleich war, hat es das deiner Mutter genommen." Der Königssohn aber hängte es seiner Braut um den Hals. Dann nahm er Mettie und, weil sie so darum bat, auch gleich Illi und ihren Prinzen mit. Als sie die Haustür hinter sich zumachten, hörten sie noch, wie drinnen der rothaarige Kerl die böse Alte die Treppen hinauftrieb.

Mettie aber wurde von der Königin huldreich empfangen. Und sogleich feierten sie Hochzeit. Sobald sie Königin war, schenkte sie der Schwester und dem Töpfchenprinzen wirklich ein winziges Reich, das sie noch übrig hatte, mit einem niedlichen Schlößchen. In einer Viertelstunde kannst du drum herumlaufen. Noch neulich habe ich es ausprobiert.

Der Rosengarten

Einst lebte ein armer Mann, der verdiente sein Brot damit, daß er alle Tage in die Wälder hinaufging und das Harz von den Tannen sammelte. Daraus kochte er zu Hause Pech und verkaufte es in der Stadt. Die Leute nannten ihn darum den Härzer. Aber er lebte glücklich und zufrieden mit seiner Frau und seinem Kinde, einem kleinen Mädchen, und tat nichts Unrechtes, nur daß er aus dem Walde dann und wann einen Hasen für den Kochtopf mitbrachte. Aber nicht einmal der Förster nahm ihm das krumm und drückte ein Auge zu, wenn der Härzer mit allzu prallem Rucksack zu Tal stieg und ihm begegnete.

Nun war ein windverwehter Tag im späten Herbst, und der Mann ging wieder in aller Frühe los. Diesmal wollte er ein Stück weiter hinauf in das Gebirge, denn dort, hatte der Förster gesagt, gäbe es einen Tannenhochwald, hundert Jahre alt und noch älter, so dicht, daß die Sonne das ganze Jahr nicht hindurchkam, und hier tropfe das Harz klumpendick an den Stämmen. Rüstig schritt der Härzer aus. Je höher er kam, desto ärger ging der Wind, und über den Schluchten sausten die

Wipfel der Fichten und bogen sich und schüttelten die Zapfen wie aus Körben über den Weg. Doch der Härzer stieg weiter von Berg zu Berg. Endlich erreichte er eine kahle Höhe, die er bisher immer nur aus der Ferne gesehen hatte. Unter ihm, auf der Jenseite, wogten die fremden Wälder im Sturm, Wipfel an Wipfel, himmelhohe Tannen. Aber sowie er den Pfad hinabstieg, wurde der Sturm schwächer, und als er endlich in die großen Wälder eintrat, war es darin still wie in einem Dom, aber auch so dunkel. Längst hörte er seine eigenen Schritte nicht mehr, wie auf Teppichen ging er über Nadeln und Moos von Baum zu Baum und kratzte mit dem Messer das Harz ab, das in hühnereigroßen Tropfen hing. Dabei fiel auf einmal eine Schneeflocke vor ihm nieder. Erschrocken schaute er empor. Aber durch das Tannenschwarz war kein Stücklein vom Himmel zu sehen. Da sammelte er weiter. Denn immer reichlicher hing das Harz, immer schwerer wurde sein Rucksack, und in seinem Eifer merkte er kaum, wie öfter und immer öfter ein weißes Flöckchen durch das Nadeldach niedersank. Endlich aber, wie durch ein Tor, trat er aus dem Walde, und vor ihm lag die Heide, tief verschneit. Noch immer stöberte der Schnee. „Wie komme ich nun heim?" dachte er. Da sah er dicht vor sich eine Hasenspur im Schnee. „Der muß ich nach!" sprach er zu sich selbst, „ehe der Schnee sie mir zuschneit!" Denn auf den ersten Blick erkannte er, daß der Hase, der dort hinaufgehoppelt war, ein Prachtkerl war, gut und gern seine zwölf Pfund schwer. So stampfte er in die Heide hinaus hinter der Spur her, zick und zack durch Ginster und Brombeerdorn, Tannen- und Birkenbusch, dann einen Waldsteig schnurstracks den Berg empor, nun über Gräben und durch Schneelöcher hinab, und immer glaubte er: „Jetzt muß der Hase da sitzen in seinem Schneebett, und ich kann ihn leicht in meinen Rucksack kriegen." Aber die Spur wollte kein Ende nehmen, und plötzlich war sie ganz verschwunden, als sei hier der Hase auf und davon geflogen. „Nun steh' ich da", brummte der Härzer, „und weiß nicht Hü und Hott." Denn er war lange hinter dem Hasen hergewesen, und ihm kam vor, als wollte es Abend werden. Da stieg er den Rest der Höhe hinan, um Ausschau zu halten. Aber droben traute er seinen Augen nicht. Allumher war der Schnee verschwunden, rot stand die Abendsonne am Himmel, und er schaute über einen weiten Rosengarten, so herrlich, wie er nie etwas gesehen. In allerlei Farben blühten die Rosen, Rosengänge wölbten sich über den Wegen, Rosenlauben standen in allen Winkeln, Rosenranken wiegten sich im Wind über weißen Bänken. Da fiel ihm ein, was ihm vor vielen Jahren seine Ahne erzählt hatte, von dem verzauberten Rosengarten hoch in den Bergen, der das ganze Jahr über in Blüten stünde. Aber nur alle hundert Jahre einmal tue er sich auf. Der Härzer besann sich nicht lange und trat in den Garten ein. Denn hier war es windstill und warm, und vielleicht konnte er da die Nacht in einer Laube verschlafen. Nach Hause kam er heute ja doch nicht mehr. Als er aber in die erste Laube schaute, sah er dort eine Frau über einem Buch sitzen. Auch sie hatte ihn gehört, hob den Kopf und fragte ihn, woher des Weges er käme. Höflich zog er die Kappe: „Schöne Frau, ich muß mich verirrt haben. Der Härzer bin ich von jenseits des Waldes, und als ich aus den Tannen kam, war die Welt verschneit. Jetzt finde ich den Weg nicht mehr heim." Die Dame war freundlich zu ihm und lud ihn ein, mit in ihr Haus zu kommen. Das lag, über und über mit Rosen bewachsen, mitten im Garten. Sie brachte ihm zu essen und zu trinken, und er mußte ihr erzählen, wie es seiner Frau ginge, ob die Arbeit nicht zu beschwerlich wäre und wie der Verdienst reiche. „Zuviel zum Sterben und zuwenig zum Leben", sagte er, „wenn Ihr mir also ein bißchen unter die Arme greifen

könntet?" Sie nickte: „Gut, aber ganz umsonst kann ich es nicht tun!" Damit ging sie zu einem Kasten von Rosenholz und holte einen Beutel mit Goldstücken hervor: „Den sollt Ihr haben. Es sind hundert Golddukaten darin, aber so viele Ihr auch herausnehmt, hundert sind es, und hundert werden es bleiben." – „Und was verlangt Ihr von mir?" fragte er. „Das erste, was Euch daheim in den Weg läuft", erwiderte sie. Er freute sich: „Das könnt Ihr gern haben!" Denn seit Jahr und Tag pflegte ihm, sowie er den Waldpfad zu seiner Hütte hinabkam, die Katze entgegenzulaufen. Die Rosenfrau gab ihm also den Beutel und führte ihn durch allerlei Flure und Gänge, bis sie schließlich vor einer kleinen Tür stehenblieb und die Hand auf die Klinke legte: „Hier hinaus führt Euer Weg nach Hause", sagte sie, „geht nur immer geradeaus, schaut nicht rechts und links. Meinen Lohn werde ich mir holen, wenn die Zeit gekommen ist." Damit sperrte sie die Tür auf, und schon wirbelte ihm der Schnee ins Gesicht. Er hörte nur noch die Tür hinter sich ins Schloß fallen, dann stand er allein auf sausender Heide. Es schneite wie aus Mulden, und von den Rosengärten war weit und breit nichts mehr zu sehen. Schon dachte er, alles wäre nur ein Traum gewesen, aber er hielt ja den Beutel noch fest in der Hand, und wenn er ihn schüttelte, hörte er das Gold darin klingen.

Da stampfte er in den Schnee hinaus, immer geradeaus, und schaute nicht rechts und links, wie ihm die Frau gesagt hatte. Schon dämmerte es, und bald kam die Nacht. Keinen Laut hörte er, nur der Schnee fiel und fiel. Doch er spürte keine Müdigkeit, nicht Hunger noch Durst. So hatten ihn das Essen und der Wein in dem Rosengarten gestärkt. Endlich sah er ein Lichtchen, nicht weit vor sich. Rasch kam es näher, und da war's die Laterne, die sein kleines Mädchen trug. „Vater", rief es, „die ganze Nacht haben wir auf dich gewartet, und dann bin ich mit der Laterne den Weg hinaufgegangen, dich zu suchen." Da fiel ihm ein, was er der Rosenfrau versprochen hatte. Und das Herz wurde ihm schwer. Aber noch sagte er kein Wort davon, nahm das Kind bei der Hand, und nur wenige Schritte, da war er an seinem Hause. Nun berichtete er seiner Frau, was ihm unterwegs begegnet war. Dann zählte er die Goldstücke Reihe an Reihe auf den Tisch, und als es hundert waren, sieh, da klimperten wieder hundert neue in der Börse. Die Frau schüttelte den Kopf und fragte, was er denn der Rosenfrau dafür geben müßte? Da endlich sagte er es ihr. Das Mädchen freute sich. „Wenn sie doch nur heute schon käme", sagte es, „und mich in den wunderbaren Garten holte!"

Aber die Rosenfrau ließ sich nicht blicken. Und der Härzer zog bald in die Stadt und erhandelte dort eine Teerfabrik, die eben zum Verkaufe stand. Deshalb galt er bei den Leuten als reicher Mann. Er hielt aber Haus mit seinem Gelde, tat Gutes, wo er konnte, und die Stadt wählte ihn schließlich zu ihrem Bürgermeister. Sein Mädchen wurde ein Fräulein, und längst dachte es nicht mehr an die Frau vom Rosengarten.

Da hielt eines Wintertags ein vierspänniger Schlitten vor dem Bürgermeisterhaus, und eine Dame in rosenfarbenem Seidenumhang kam heraus. Sie wurde zum Bürgermeister geführt, und als sie ihren Mantel zurückschlug, da erkannte er sie. „Nun wollen Sie mein Kind abholen, edle Frau?" fragte er. Ob sie nicht zufrieden wäre, wenn er ihr den Geldbeutel zurückgäbe? „All die Jahre hab' ich ihn treulich aufgehoben und lange Zeit kein Goldstücklein mehr herausgenommen." Aber die Rosenfrau wollte sich auf nichts einlassen, und er mußte sein Töchterlein rufen. „Oh", sagte das Mädchen, schon als es eintrat. „Ihr seid gewiß die Herrin von dem Rosengarten droben in der Bergwildnis? Das ganze Zimmer ist ja voll Rosenduft!" Und es machte einen Knicks wie vor einer Königin. „Ja, mein Kind", erwiderte die Dame, „nun sollst du mitkommen, wie es versprochen war. Aber nichts Böses wird dir geschehen." Da kleidete sich das Mädchen für die Reise an, nahm Abschied von Vater und Mutter und stieg zu der Fremden in den Schlitten. Der klingelte davon und fuhr geradewegs in den Winterwald hinauf. Als es dort wieder in dichten Flocken zu schneien begann, machte die Dame das Verdeck hoch, und nun schlief das Mädchen in ihrem Arme ein. Als es erwachte, war ringsum heller Tag, nur ein paar Flocken wirbelten noch herab, und viele Rosenblätter zugleich. Der Schlitten aber hielt. Und das Mädchen stieg aus und sah den weiten Rosengarten um sich mit den Rosengängen und Lauben, wie ihn der Vater ihr oft beschrieben hatte. Die Frau aber nahm seinen Arm und führte es zwischen den Rosen den Weg hinauf in das Schloß. „Hier wohne ich", sagte sie, „und hier sollst du nun bleiben! Alles, was du siehst, gehört dir so gut wie mir. Ich glaube, daß wir gut miteinander auskommen werden."

Von Stund an war das Mädchen wie das eigene Kind im Hause. Es spazierte mit der Herrin des Wundergartens zwischen den Rosen, lernte die schönsten Lieder von ihr, und am Abend las es ihr aus alten Büchern vor oder tanzte mit seltsam schönen Frauen und Mädchen, die oft zu Besuch kamen.

So lebte es zwei ganze Jahre lang, und immer schien die Sonne, und immer blühten die Rosen. Eines Tages aber sagte die Rosenfrau zu ihr, sie müßte nun eine Reise machen in die Welt hinab. Dort wäre jetzt tiefer Winter. „Hüte mir ja gut das Haus! In alle Zimmer darfst du gehen, nur in das dreizehnte nicht. Denn das würde dein Unglück sein." Damit gab sie dem Mädchen alle Schlüssel und zeigte ihm auch an dem Ringe das rostige Schlüsselein, das die verbotene Tür sperrte. „Davor hüte dich, Kind!" sagte sie noch einmal. Dann reiste sie ab und ließ das Mädchen allein. Es vertrieb sich die Zeit damit, daß es heute in dem Rosengarten spazierte; morgen saß es an dem Teich, auf dem die Wasserrosen blühten, und sah den roten und bunten Fischen zu, wie sie in dem klaren Wasser durch die Sonnenlichter schwammen und dann wieder in den Schatten der großen Seerosenblätter glitten. In dem Rosenschloß ging sie durch alle Zimmer, schaute zu den Fenstern hinaus oder von den Balkonen hinab in den Garten; und die Zimmer, die sie noch nicht kannte, schloß sie auf und besah sich alles darin. Besonders in das elfte ging sie immer wieder. Das war ein Spiegelsaal, und sogar der Fußboden war aus kristallenem Spiegelglas. Da sah sie denn sich selber vielmal in allen Spiegeln zugleich, und aus allen diesen Spiegeln leuchteten Rosen, die gar nicht in dem Zimmer waren. Als sie aber einmal in die Mitte ging und zu tanzen begann, da tönte plötzlich feine Musik dazu, als klänge sie aus den Rosen der Spiegel. Und sie tanzte und tanzte, sah sich tanzen in allen Spiegeln und freute sich, wie schön sie war. „Oh", dachte sie schließlich, „wenn das elfte Zimmer schon so voll Wunder ist, was mag da erst in dem zwölften sein?" Neugierig schloß sie es anderen Tages auf. Da sah sie an den Wänden große Bilder hängen in goldenen Rahmen, Rosengärten von allerlei Art, und schöne Kinder, Mädchen und Frauen, die zwischen den Rosen gingen; und Marmorbilder, die in Rosennischen standen. „Sehen sie nicht aus, als lebten sie?" dachte das Mädchen, „und die Rosen, als perlte der Tau in den Kelchen?" Als sie dann mit dem Finger eine gemalte Rose berührte, da fielen wirklich Tautropfen herab, und sie sah, daß sie in das Bild hineingehen konnte. Sogleich hob sie den Saum ihres Kleides, schritt über den Rahmen weg und war in dem gemalten Garten. Artig grüßte sie die Damen, die dort spazierten oder auf den Bänken saßen, und besah sich die Marmorbilder eins nach dem anderen. Dann kam sie in eine

Rosenwildnis, durch die nur ein enger Pfad führte. Große Schmetterlinge schaukelten über Blüten, und ein funkelblauer setzte sich ihr auf die Hand und klappte mit den Schwingen. Da ging sie einen Schritt weiter und sah auf einmal, daß sie aus einem anderen Bild herausgekommen war. Der blaue Schmetterling aber flog in sein Bild zurück und war nun genauso still wie die gemalte Blüte. „Nein, wie schön, wie wunderschön das ist", dachte das Mädchen, „und wie mag es nun erst in dem dreizehnten Zimmer sein? Doch nein, die Herrin hat's verboten." Und sie schaute sich nicht einmal nach der Tür um. Am nächsten Tag aber klimperte sie bereits mit den Schlüsseln, als sie die Tür von weitem sah. Und am dritten dachte sie: „Ich will wenigstens einmal durchs Schlüsselloch gucken, denn das hat sie mir nicht verboten." Aber drinnen war alles dunkel. „Nun, wenn das Zimmer doch leer ist", meinte sie, „was kann es denn schaden, wenn ich einmal aufsperre? Ich will ja nur den Kopf hineinstecken und gleich wieder abschließen." Damit fingerte sie auch schon den Schlüssel in das Schloß und drehte um. Eine ganze Weile dauerte es, bis der Riegel schnappte. Da endlich sprang die Tür wie von selbst auf, und das Mädchen trat ein. Fast dunkel war es drinnen, nur ein trüber Lichtstreif

drang durch die Fensterläden. Das Mädchen sah, daß es in einem leeren Zimmer stand. Die Dielenbretter knarrten unter ihren Schuhen, kein Teppich lag auf dem Boden, kein Bild hing an der Wand. Bitterkalt war es. „Nein, wie sonderbar", dachte sie, „daß mir die Herrin gerade dieses Zimmer so streng verboten hat!" Aber weil sie nun einmal darin war, wollte sie die Sonne und den Rosenduft aus dem Garten ein wenig hereinlassen. Sie machte das Fenster auf, hakte die Läden los und stieß sie nach außen zurück. Und sie stand da und atmete kaum, denn vor dem Fenster fiel der Schnee in dichten Flocken. Kein Rosengarten war mehr zu sehen, nur in eine stille Gasse schaute sie hinab, über der es Abend wurde. Immer dichter fiel der Schnee, und manchmal wehte der Wind und trieb die Flocken drunten vor der Straßenlaterne her. Lange stand das Mädchen und schaute. Da auf einmal ging in dem Hause gegenüber ein Licht an, und durch die Scheiben sah sie im Stübchen die Kinder auf einem Bänkchen sitzen, vor einer alten Frau, die ihnen erzählte. Nach einer Weile aber hob die Frau den Finger hoch – irgendwo klang ein Glöckchen, die Kinder stürmten davon, und das Mädchen sah hinter einem Fenster viele Lichter aufstrahlen am Weihnachtsbaum. Nun standen die Kinder um den Baum. Da neigte das Mädchen sein Gesicht in die Hände und weinte bitterlich, zum ersten Mal im Rosenhaus. In dem Hause draußen aber sangen sie nun „In dulci jubilo", das alte Weihnachtslied. Da fühlte das Mädchen auf einmal eine Hand auf seiner Schulter. Als sie sich umschaute, stand die Rosenfrau hinter ihr. „Habe ich dich nicht gewarnt, in das dreizehnte Zimmer zu gehen?" sagte sie freundlich, „und nun weinst du!" – „Ach, und ich war doch so glücklich", erwiderte das Mädchen, „aber nun kann ich nie mehr froh werden im Rosenhaus!" Da öffnete die Frau eine kleine Tür in der Wand, und das Mädchen sah eine verschneite Holztreppe vor sich, die auf die Gasse hinabführte. Sie schlang die Arme um die Rosenherrin und sagte: „Jetzt muß ich zurück in die Welt!" – „Ich darf dich nicht halten", antwortete die Frau, „aber nun dauert es wieder hundert Jahre, bis sich der Rosengarten eine einzige Stunde den Menschen öffnet!" Doch das Mädchen hörte sie schon nicht mehr, sie sprang die enge Treppe hinab, und als sie drunten auf der Gasse stand, lief sie weiter durch den stöbernden Schnee, rechts um die Ecke, links um die Ecke, bis sie auf einmal merkte, daß sie daheim war, in ihrer Stadt, und gerade vor dem Bürgermeisterhause stand. Und als sie in die

Stube stürmte, saßen Vater und Mutter da, jedes vor einem Glase Wein, und ein winziges Bäumchen mit drei Kerzen hatten sie zwischen sich stehen. Wie freuten sie sich, daß sie ihr Kind wieder hatten! Nun feierten sie erst richtig Weihnacht.

Ihr aber, haltet die Augen offen! Denn heuer um Allerheiligen sind die hundert Jahre um, und wenn eins von euch Glück hat, findet es den Rosengarten wieder offen.

Kummeruut

Es war in der Lüneburger Heide einmal ein Dorfschulmeister, der hatte drei Söhne. Der Älteste wollte Geistlicher werden und ging schon auf die hohe Schule. Der Mittlere studierte auf Schulmeister. Da langte denn das Geld für den Jüngsten nicht mehr. „Er kann, so Gott will, später in meiner Kirche Küster werden", sagte der Älteste. „Oder in meiner Schule die Öfen heizen und die Klassenzimmer fegen", riet der Schulmeisterstudent. „Das möchte euch passen!" lachte der Jüngste, „nein, ich will gar nichts werden und die Schafe hüten." – „Und so dem lieben Gott die Zeit stehlen?" rief der zukünftige Pfarrer. Oh, das wüßten sie längst, er läge am liebsten in der Heide und studiere die Wolken am blauen Himmel. „Gut", sagte der Junge, dann wolle er ein gelehrter Herr Doktor werden, der alle Kräutlein und Blumen der Erde beim Namen wüßte, jedes Käferlein in der Wiese und alles Erz und Gestein im Berg. „Ein gottwohlgefälliges Leben", nickte der Älteste, „denn der Allmächtige ist groß in seinen Werken. Nur kostet das Doktorwerden einen Sack Geld." Da sagte schließlich der Vater: „Wißt, der Hans soll in die Hauptstadt zu dem

Buchmännchen in die Lehre. Da kann er lesen, soviel er mag, und Pfarrer und Schulmeister müssen nachher bei ihm ihre Bibeln und Fibeln kaufen. So findet auch er sein Brot." Das war dem Jungen recht, und sogleich an dem ersten freien Tag wollte der alte Schulmeister nach Hannover und bei dem Buchmännchen vorsprechen, ob es keinen Lehrjungen brauche.

Das Buchmännchen hatte seinen Laden in einem finsteren Gäßchen. Das Haus war bis in die Dachkammern voller Bücher. Zuerst war es das kleinste gewesen in der Gasse. Aber alle paar Jahre hatte er ein Stockwerk draufsetzen lassen und einen Anbau dahinter, um seine vielen Bücher unterzubringen. Und als es nicht höher und tiefer mehr ging, baute er ein Kämmerchen nach dem andern an, sogar auf Podesten und Vorsprüngen, unter den Treppen und über den Fluren. So ging's bei ihm Treppchen hinauf, Treppchen hinab, von einem Bücherzimmer in das nächste, und rechts und links von jedem waren neue Gelasse. Er allein wußte Bescheid in dem Durcheinandergeschachtel der Zimmerchen. Dabei kannte er jedes Buch unter seinem Dache und wußte sogar im Schlaf, wo es stand. Wie aber das Buchmännchen eigentlich hieß, wußte niemand.

Nun klopfte es am nächsten Sonntag an der Tür des Schulmeisterhauses, und sieh, es war das Buchmännchen, in dem gleichen schäbigen Mantel, den es auch im Laden trug. „Nein, so was!" rief der Schulmeister, „gerade in diesen Tagen wollte ich zu Euch, Buchmännchen!" – „Schön, schön", erwiderte der kleine alte Herr, „bin aber jetzt selber da. Sagt, bei den Bauern hier, liegt in Kisten und Kasten nicht noch dies und das an alten Büchern herum?" – „Da kommt Ihr zu spät", erwiderte der Schulmeister, „grad gestern war der Trödler mit seinem Eselskarren hier, und dem haben die Leute all ihren Speicherkram hinabgetragen." – „Unvernunft, Unvernunft!" schimpfte das Buchmännchen, „ich hätte ihnen gute Preise bezahlt!" Der Schulmeister lachte: „Was haben hier die Leute schon? Alte Gebetbücher und Kalender!" – „Habt Ihr eine Ahnung von alten Gebetbüchern und Kalendern?" giftete sich das Buchmännchen, „guten Tag!" – „Nicht so eilig!" rief der Schulmeister, „trinkt erst eine Tasse Kaffee bei mir. Dabei überlegt Euch, ob Ihr nicht Lust habt, meinen Jüngsten in die Lehre zu nehmen?" – „Mich mit einem dummen Jungen herumärgern?" knotterte das Buchmännchen, nein, da wäre nichts zu machen. Nun, erwiderte der Schulmeister, ob er dann nicht wenigstens einmal mitgehen wolle in die Kirche? Auf dem Boden dort lägen noch uralte pergamentene Bücher zwischen Moder und zerbrochenen Bilderrahmen. Der Pfarrer habe das alles schon lange verbrennen wollen. Da horchte das Buchmännchen auf und ging vom Fleck weg mit dem Schulmeister. Kaum aber hatte es die Bücher auf dem Kirchenboden angesehen, da zählte es dem Manne zehn blanke Goldstücke in die Hand: „Die Bücher sind mein! Und das Geld der Lohn dafür, daß Ihr sie nicht verbranntet. Nun aber zeigt mir Euren Jungen einmal, denn das Leiternsteigen fällt mir doch alle Tage schwerer. Habe ja gut meine hundert Jahre auf dem Buckel, ob Ihr es glaubt oder nicht!" Der Schulmeisterjunge gefiel ihm denn auch, und er nahm ihn auf der Stelle mit in die Stadt.

Da fing für den Hans nun ein neues Leben an. Treppauf, treppab mußte er die Bücherpacken schleppen und auf Leitern an den Regalen hoch- und niedersteigen, wenn das Buchmännchen einen Band hervorholen oder einstellen wollte. Dann gab's noch alle Tage die vielen Katzen zu füttern, die ihm auf diesen Wegen begegneten. Sonst hatte er wenig zu tun. Denn mit Verkaufen gab sich der Alte nicht gern ab. Nur wenn er ein Buch doppelt und dreifach hatte, ließ er es brummend verkaufen. Der Junge konnte also lesen, soviel er Lust hatte. Sah er nun auch nicht mehr die blaue Luft, die Sonne und die weißen Wolken, so war ihm doch oft, wenn er las, als schaue er in den schönsten Himmel des lieben Gottes.

Auch in dem Durcheinander der vielen Bücherkämmerchen kannte er sich bald aus. In den ersten Monaten freilich verirrte er sich noch oft. Manchmal dauerte es eine geschlagene Stunde, bis er wieder in den Laden zurückfand. „Jaja", kicherte das Buchmännchen dann, „die Welt ist tief, noch tiefer aber mein Bücherhäuschen!" Selbst als Hans ein ganzes Jahr darin war, hatte er noch nicht alle seine Schachteln erforscht. Allein zu dem Speicherkämmerchen, in welchem er schlief, gab es vier Wege. Machte er aber alle diese vier Türen des Abends zu, dann fanden sich doch noch die Katzen auf einem unbekannten fünften Wege zu ihm herauf.

Eines Tages nun bemerkte er, wie sein Lieblingskater Murks – der Alte hatte ihn erst neulich zum Geheimen Bibliotheksrat ernannt – hinter ein Buchregal ging und nicht mehr zum Vorschein kam. Da spähte er ihm nach, und sieh, zwischen den Büchern und der Wand war ein Gang, so schmal, daß gerade ein Mensch hindurch konnte.

Er kam in ein Bücherstübchen, das er noch nie gesehen, und aus diesem wieder in ein noch kleineres. Von dort führte eine enge Stiege empor, und als er droben die Tür öffnete, schaute er in ein Kämmerchen mit Bücherbrettern an den Wänden, einem Bett, einem Sessel und einem Tisch, über und über mit Büchern bedeckt. Mitten zwischen den Büchern aber stand ein Speisebrett mit Butterbroten und eine Flasche Wein dazu. Nun wußte Hans endlich, wo das Buchmännchen wohnte. Denn bisher war er nie dahintergekommen. Schon wollte er wieder hinab, da sah er an der rückwärtigen Wand zwischen den Büchergestellen eine nietenbeschlagene Eisentür, ohne Riegel, Klinke und Schlüsselloch. Also hier bewahrte der alte Mann wohl seine Schätze! Dann aber machte sich der Junge davon, so leise wie er gekommen war. Dem Buchmännchen aber sagte er nichts von seiner Entdeckung. Bald kam der Alte denn auch, wie jeden Abend, irgendeine der vielen Treppen herab und brachte ihm sein Abendessen – Bratkartoffeln, Butterbrote und Tee. „Wo macht Ihr das eigentlich zurecht, Buchmännchen?" fragte Hans. Der Alte kicherte: „Steck deine Nase in die Bücher! Alles andre geht dich nichts an!" Damit mußte Hans sich zufriedengeben.

Von Stund an hielt es ihn nicht mehr vor Neugier, bis er eines Nachts, als das Buchmännchen längst den Laden verschlossen hatte, wieder den geheimen Gang hinaufschlich und schließlich vor der Tür des Alten stand. Eine Weile war drinnen alles still, dann hörte er, wie einer dreimal dumpf wie an dickes Eisen klopfte und beim letzten Klopfen mit lauter Stimme rief: „Kummeruut!" Es war aber des Buchmännchens Stimme. Sogleich antwortete eine andere Stimme: „Herr und Meister, Ihr habt mich gerufen. Was steht zu Diensten?" – „Räum das Geschirr ab", sagte der Alte, „und bring noch eine Flasche Wein, aber vom besten. Denn heute war ein Glückstag für mich. Ich habe, und obendrein für billiges Geld, ein Buch gekauft, so selten wie Pfingstschnee. Hier liegt es, und sieh zu, ob keine Seite darin fehlt, kein Kupfer, glätte auch die Eselsohren, mach die Stockflecken heraus und den Einband in Ordnung, so wie er Anno 1582 gewesen, als das Buch frisch auf der Frankfurter Messe lag." – „Zu Diensten, Herr und Meister", brummte die andere Stimme, „aber einen langweiligeren Tag als bei Euch habe ich noch nie gehabt." – „Meckere nicht und gehorche", befahl der Alte. Bald hörte der Junge dann einen Stopfen knallen, ein Weinglas klingen, und dann nichts mehr als das Rascheln von Buchseiten. Er schlich also wieder fort, bis er eine der vielen Türen fand, durch die er zu seinem Kämmerchen hinauf konnte.

Jetzt aber ließ es ihm keine Ruhe mehr, und wirklich, schon ein paar Tage später sagte das Buchmännchen: „Hans, ich muß nun für eine Woche über Land. Geheime Kunde von etlichen Kirchenböden, weißt du, auf denen kostbare alte Bücher liegen. Hüte derweil das Haus, laß niemanden ein und verkaufe mir ja kein Buch!" Das versprach der Junge, doch kaum war das Buchmännchen fort, da lief er hinauf in die Kammer. Zuerst horchte er, ob er den Diener des Alten nirgends hörte. Dann nahm er sich ein Herz, klopfte dreimal an die Eisentür und rief: „Kummeruut!" Sogleich ächzte die Tür auf, und ein schwarzer Kerl sprang heraus, so schrecklich von Gestalt, daß Hans fast tot vor Grausen unter den Tisch kroch. Augen hatte der Geist wie Grablaternen, einen Schnauzbart wie Kuhschwänze und Haare wie eine Pferdemähne. „Herr und Meister", orgelte er mit tiefer Stimme, „Ihr habt mich gerufen – was steht zu Diensten?" – „Nichts! Nichts!" schrie Hans, „geh nur wieder!" Im gleichen Augenblick war das Gespenst verschwunden. Aber erst nach einer guten Weile krabbelte der Junge unter dem Tisch hervor. „Was kann mir der Schwarze schon tun?" dachte er, „hat er nicht höflich gefragt, was zu Diensten stünde?" Und zum zweitenmal klopfte er: „Kummeruut!" Da puffte die Tür auf, und der Schwarze stand wieder darin: „Was steht zu Diensten, Herr und Meister?" – „Wer bist du, ehrwürdiger Geist?" fragte Hans. „Ich bin der Kummeruut", erwiderte der Kerl, „und wer dreimal an diese Türe klopft und meinen Namen ruft, dem diene ich." – „Nun, Kummeruut", sagte der Junge, „dann befehle ich dir zuerst: bring eine Flasche Wein und zwei Gläser!" – „Zu Diensten!" rief der Geist, verschwand hinter der Eisentür, und schon kam er mit Flasche und Gläsern zurück. „Schön", nickte Hans, „jetzt schenkst du ein und trinkst mit!" – „O Herr und Meister", erwiderte der Kummeruut, „mir ein Glas Wein anzubieten, daran hat noch keiner meiner vielen Herren gedacht, und ich bin so alt wie der Mond." – „Laß es dir schmecken!" lachte Hans, „und sag mir, wie das Buchmännchen deine Bekanntschaft gemacht hat!" – „In einem uralten Buch", erzählte der Geist, „fand er meinen Namen und den Zauber, der mich ruft. Da ließ er sich, genau wie es in dem Buche stand, mit dreizehn mal sieben Nieten diese eiserne Tür machen, bannte mich hinein, und seitdem ruft er mich, sooft er meine Dienste braucht. Aber noch nie hat er etwas anderes von mir verlangt, als daß ich ihm sein Essen und Trinken herschaffe, die Seiten seiner Bücher für ihn nachzähle, die Stockflecken herauszaubere, die Einbände richte und alte Pergamente aus den Deckeln löse. Ist das ein Leben für einen mächtigen Geist, wie ich einer bin? Sprich, was soll ich für dich tun?" Der Junge besann sich nicht lange: „Heut am schönen Pfingsttag, warum soll ich da nicht einmal Vater und Mutter und meine Brüder besuchen? Also besorge mir feine Kleider, wie sie sich ziemen für einen gelehrten Mann, und einen Korb mit Essen und einen sechsspännigen Wagen. Verwandle dich selbst in einen Kutscher mit Zylinderhut und Silberklunkern, und fahr mich nach Hause. Zuerst aber kutschierst du mich ein Stündlein in der Stadt umher, denn das ganze Jahr bin ich nicht vor die Tür gekommen." – „Zu Diensten!" antwortete der Kummeruut und verschwand hinter der Eisentür. Aber schon kam er zurück und warf einen Packen kostbarer Kleider auf das Bett: „Zieh dich an, derweil fahre ich drunten den Wagen vor!" Fröhlich legte Hans das feine Gewand an, hängte sich den prächtigen Mantel um und setzte die Brille auf und das Samtbarett, daß er ganz wie ein gelehrter Doktor aussah. Dann ging er hinab, schloß die Läden und verriegelte hinter sich die

Haustür. Der Wagen stand schon bereit, sechs Schimmel davorgespannt, und auf dem Bock saß der Kummeruut in Gestalt eines herrschaftlichen Kutschers mit Silberknöpfen und Tressen und lackiertem Zylinderhut. In dem Wagen aber stand ein Korb, der war bis an den Rand gefüllt mit Würstchen und Schinken, Pasteten und Früchten, Kuchen und Torten, mit allerlei Likören und Wein.

Da stieg der Junge ein, der Kutscher knallte mit der Peitsche, und die Fahrt ging los, straßauf, straßab durch die Stadt, daß die Leute Nasen und Mäuler aufsperrten. Hans aber lehnte wie ein großer Herr in den Polstern, besah sich die vielen Paläste, Kirchen und Brücken, und endlich, als er genug gesehen hatte, rief er dem Kutscher zu, er sollte nun hinausfahren, daß er zeitig um Mittag zur Stelle wäre. Da jagte der Kummeruut zum Stadttor hinaus auf die Landstraße. Die Sonne schien, die Vögel sangen, am Weg blühte das Korn, und in den Dörfern, durch die er kam, standen die Leute und alle Kinder vor den Häusern und schauten dem vornehmen Herrn nach, der da im Galopp dahinfuhr.

Dem Hans aber war so wohl wie noch nie im Leben. Dann und wann aß er ein Stücklein Kuchen und trank einen Schluck Wein dazu, und rechts und links von ihm flogen Berge und Täler vorüber. Endlich sah er den Kirchturm seines Dorfes von weitem. Bald hielt der Wagen an der Schule – Hans sah schon Vater und Mutter und die Brüder am Fenster stehen. Erst wußten sie nicht, wer er war. Doch als er den Doktorhut abnahm, erkannten sie ihn. „Da hat der Herr in seiner Güte dich ja recht schnell zu Würden gebracht", sagte der Pfarrerstudent. „Ja", erwiderte Hans, „dem Buchmännchen sah man es gar nicht an, was für ein reicher Kaufmann er ist. Da läßt er denn auch mich einen guten Tag leben." Damit gaben sie sich zufrieden, und die Freude wurde erst recht groß, als der Kutscher den riesigen Eßkorb in die Stube trug. Am Nachmittag spazierten sie dann ein wenig über die Felder und in den Busch, und die Brüder wunderten sich, wie der Hans so klug geworden über seinen Büchern. Jedes Kräutlein kannte er beim Namen, auf Jahr und Tag wußte er, wie alt jeder Stein war, und er erzählte von dem Feuer, das tief in der Erde glühte, und daß der Mond viel größer wäre als eine Kuchenschüssel. Da waren sie denn wieder daheim angekommen, tranken Kaffee mit Kuchen und Likör, und erst als es dämmerte, nahm Hans Abschied, stieg wieder in seinen Wagen und fuhr davon. In der Stadt, vor dem Hause des Buchmännchens, befahl er dem Kutscher: „Nun laß den Wagen verschwinden!" Es waren aber schon viele Leute zusammengelaufen, und die schrien laut auf, als plötzlich Wagen und Pferde wie in den Boden versanken. „Das geht nicht mit rechten Dingen zu", sagten sie untereinander.

Am nächsten Morgen in aller Frühe pochte es denn auch schon an der Tür des Buchladens, und als Hans öffnete, standen zwei Polizisten davor. Sie befahlen dem Jungen, so wie er ginge und stünde, mitzukommen, denn der König hätte ein Wörtlein mit ihm zu reden. „Nun", dachte Hans, „gewiß braucht er Geld und will ein paar alte Bücher versilbern. Will er aber eins kaufen, dann mag er sich auf den Kopf stellen, ich gebe ihm keins!" Aber der König fing gar nicht erst von Büchern an. „Höre", sagt er zu dem Jungen, „ich habe schon immer gedacht, daß es mit dem Buchmännchen nicht richtig ist. Und nun haben wir gestern gesehen, wie du dich sechsspännig durch die Straßen kutschieren ließest, und hinterher war alles verschwunden, Kutscher, Pferde und Wagen!" – „Larifari", erwiderte Hans, „es war Pfingstsonntag, und die Leute hatten ihre Nasen zu tief in den Festtagswein gesteckt. Da sahen sie alles doppelt und dreifach. Was ist dabei, wenn ich mir einen Wagen miete, um meine alten Eltern

droben in der Heide zu besuchen?" Der König winkte ab: „Ich weiß, was ich weiß! Du hast eben in den vielen Zauberbüchern, die der Alte versteckt hat, gelesen. Zeig also jetzt, was du gelernt hast, und bring mir meinen Sohn zurück. Der ist vor vielen Jahren aus den Augen seiner Gespielen in den Berg verschwunden. Holst du ihn heim, dann ist es gut, und ich gebe dir, was du willst. Kommst du aber ohne ihn, dann lasse ich dich einen Kopf kürzer machen." Hans sagte, er wäre kein Hexenmeister, und ein Zauberbuch hätte er bei dem Buchmännchen nie gesehen. Aber der König blieb dabei, er müßte ihm seinen Jungen herschaffen, sonst wäre ohne Gnade sein Leben verspielt.

Traurig ging Hans nach Hause, riegelte den Laden von innen ab, stieg zu der Stube seines Meisters hinauf, klopfte dreimal an die Eisentür und rief: „Kummeruut!" Auf der Stelle erschien der Geist, durfte wieder ein Glas Wein trinken, und dabei erzählte ihm der Junge, in welche Not ihn seine Wagenfahrt brachte. „Darüber laß dir keine grauen Haare wachsen", sagte der Kummeruut, „leg dich aufs Ohr und schlafe, daß du in der Nacht munter bist. Derweil will ich ausgehen und den Prinzen suchen." Sprach's und fuhr wie ein Rauch wieder in den Schrank.

Hans tat, wie ihm der Geist befohlen hatte. Als er erwachte, schien der Mond in sein Dachkämmerchen, und wie ein schwarzer Baum stand der Kummeruut vor seinem Bett. In Eile kleidete Hans sich an. „Nun nimm deine Geige", sagte der Geist, „denn ich habe schon oft gehört, wie hübsch du darauf spielst!" Da holte der Junge die Geige aus dem Kasten. Der Kummeruut aber nahm ihn bei der Hand und stieg mit ihm durch das Klappfenster auf das Dach. Da stand der Hans nun, schaute hinab auf die vielen mondblanken Häuser, er sah die Katzen über die Dächer spazieren und hörte tief drunten den Nachtwächter mit seinen genagelten Stiefeln über das Pflaster klappern. Da aber packte der Geist seine Hand fester und sprang mit ihm von der Regenrinne – doch sie fielen nicht. Leicht wie Federn flogen sie über die Dächer, an Türmen vorbei, über die Mauern und den Fluß, die Felder draußen am Berg und den Wald. Endlich sah Hans eine weite lichte Waldwiese unter sich, und darauf segelten sie zu, bis sie auf einem Wiesenhügel landeten. „Nun nimm deine Geige und spiele", befahl der Geist, „denn jetzt habe ich das Meine getan." Damit flog er auf und davon. Hans aber stimmte seine Geige und begann erst leise, dann immer heller zu spielen. Nicht lange, da wehten von allen Seiten her weiße Gestalten über die Wiese zu dem Hügel heran. Bald sah Hans, daß es schöne Mädchen waren in mondlichten Schleiern. Und schon nahmen sie einander bei den Händen und tanzten im Reigen zu seiner Musik über das wehende Gras auf dem Hügel. Dabei sangen sie mit lieblichen Stimmen – kein Wort davon verstand Hans, aber es war ihm, als tönten davon die Wiesenbüsche, der kleine Bach und alle Blumen zugleich.

Nun setzte er den Bogen ab. Da trat eines der Mädchen zu ihm und sagte: „Magst du nicht weiterspielen?" Da spielte er den lieblichsten Tanz, den er konnte. Die lichten Frauen tanzten, daß ihre Gewänder und die goldenen Haare nur so flogen. Dann luden sie ihn ein, mit in den Hügel zu kommen und vor dem König zu spielen. Das war dem Hans recht, und die Erde tat sich auf, wie ein Nebelwind wehten die Elfen den Jungen hinein, immer tiefer hinab, bis er auf einmal in einem hohen Bergsaal stand, über dem groß und golden sieben Monde als Lampen zogen, langsam in feierlichen Kreisbahnen umeinander wandelnd. Wenn er recht hinhörte, dann tönten die Monde sogar, jeder wie ferner Gesang. Um ihn her wehte und wirbelte es von Elfen und Waldfrauen, Rosenfräulein und weißen Quellmädchen, dunklen Bergkerlen, Waldmännern und Brunnenleuten. Mitten unter ihnen stand ein Thron von Kristall und Gold, darauf saß eine schöne Frau und neben ihr ein junger Mann in Purpur und Krone. „Die Elfenkönigin und ihr König!" dachte Hans, trat zu ihnen, verneigte sich und begann zu spielen. Und die Königin stand auf, reichte ihrem Manne die Hand, und sie tanzten miteinander durch den goldenen Saal. „Nun", fragte der Elfenkönig seine Frau, „sag selber, ob unsere Musik nicht schöner ist als die Eure!" Hans spitzte die Ohren, als er das hörte. Da reichte ihm der König auch schon einen goldenen Becher und sagte zu ihm: „Nimm deinen Lohn!" Es ist der Wein der Unterirdischen. Wenn du von ihm getrunken hast, dann verstehst du, was Blumen und Bäume reden, und Wasser und Wind! Und grüße die Welt von mir!" Hans zierte sich nicht und trank den Becher leer. „Ihr Wohl, König", sagte er, „aber sind Sie denn kein Elf?" – „Nein", erwiderte der König, „ich bin nur ein Königssohn und sah die Elfenkönigin tanzen. Da war es um mich geschehen, und ich bin mit ihr in den Hügel und in ihr Reich gegangen." Daran erkannte Hans, daß es der Königssohn war, den er suchte. Und er erzählte ihm, wie seinen Vater danach verlange, ihn wiederzusehen. Aber die

Königin schüttelte den Kopf. „Wenn er hinaufgeht, seinen Vater zu besuchen", sagte sie, „dann muß er den Zauberring der Zwerge haben, sonst vergißt er mich und das Land der Unterirdischen." – „Das aber will und mag ich nicht!" rief der König. Dann ließ er dem Jungen ein Kämmerchen zeigen, darin sollte er die Nacht im Reich der Elfen verbringen. Hans legte sich hin und schlief sogleich ein.

Als er erwachte, lag er draußen vor dem Elfenhügel. Gerade war die Sonne aufgegangen, und deutlich hörte er die Gräser und Rispen miteinander flüstern, wie sie sich freuten an dem Gefunkel der Tauperlen. Da nahm er seine Geige, die neben ihm lag, und ging über die Wiese in den Wald, horchte auf das Reden der Bäume und der Blätter, und wie der Wind ihnen von seinen Reisen erzählte. Als er dann aus dem Walde kam, sah er drunten im Tale die Stadt liegen. Da eilte er geradewegs zu dem König. „Nun", fragte der, „hast du meinen Sohn mitgebracht?" – „Nein", erwiderte Hans, „er kann erst kommen, wenn er den Ring der Zwerge hat." Und er berichtete ihm, daß der Prinz die Königin im Elfenhügel geheiratet hätte. „Siehst du, was du alles kannst!" sagte der König, „und nun schaffst du den Ring der Zwerge her, sonst ist es um deinen Kopf geschehen.“ Hans mochte sagen, was er wollte – der König ließ nicht mit sich handeln.

Da ging der Junge wieder heim, stieg auf des Meisters Zimmer und klopfte dreimal an die eiserne Tür. „Kummeruut!“ rief er. Schon stand der Geist da mit seinem Kuhschwanzbart. „Nun“, fragte er, „hast du ihn gefunden?“ – „Ja“, erwiderte Hans, „aber nun muß ich den Ring der Zwerge haben.“ – „Das ist schon schwerer“, sagte der Geist, „leg dich aber aufs Ohr, damit du in der Nacht bei Kräften bist. Und nimm ja deine Geige mit!“ Doch Hans ließ sich erst ein gutes Essen bringen und Wein dazu, und der Kummeruut durfte wieder mittrinken. Dann schlief der Junge, bis ihn spät in der Nacht der Geist am Arm rüttelte. Diesmal gingen sie in den Keller des Hauses, und der Schwarze trug eine brennende Laterne in der Hand. Sie kamen durch viele Gewölbe voller Bücher, die Hans noch nie gesehen hatte. Eiserne Pförtchen sprangen vor ihnen auf, und dann gab es wieder endlose düstere Gänge, steile Treppen, über die sie immer tiefer noch hinab mußten, und bald hörte Hans hoch über sich den Strom rauschen. Aber weiter und weiter gingen sie, Quellen sprangen über ihren Weg, Gesteine flimmerten im Licht der Laterne blau und rot und grün an den Wänden,

Drachen lagen dickbäuchig in den Seitengängen, und Feuer qualmte aus ihren Nasen. Dann führte der Weg langsam wieder aufwärts, und bald begegneten sie dem ersten Zwerg. Der hackte an den Wänden herum und hatte schon ein kleines Häuflein Edelsteine vor sich liegen. Weiter gingen sie und trafen immer wieder auf schürfende Zwerge, bis sie endlich weit vor sich ein feines Klingen und Hämmern hörten, das von Schritt zu Schritt lauter wurde. Schließlich standen sie in einer Schmiede. Unzählige Feuer glühten ringsumher, die Luft brauste von Blasebälgen, und vor jedem Feuer stand ein Amboß. Da waren die Zwerge am Hämmern und Glühen, am Klopfen und Klinkern, am Schmelzen und Rühren, am Schleifen und Feilen, daß die Schmiede davon bis in den letzten Winkel dröhnte. Einer der Zwerge aber ging in rußigem Lederschurz von einem Feuer zum andern und sah zu, was ein jeder schaffte. Das war der Zwergenkönig. „Du", sagte der Kummeruut zu ihm, „da ist einer, der versteht, was die Blumen und Blätter reden und Wasser und Wind." – „Jaja", brummte der kleine König, „das sind so die Künste der Elfen. Was will er denn von mir?" – „Den Ring der Zwerge", sagte Hans, „denn der Elfenkönig braucht ihn." – „Glaub' ich gern", knurrte der Zwerg, „aber was krieg' ich dafür?" Da stieß der Kummeruut den Jungen in die Seite. Der verstand ihn sogleich. „Hier, diese Geige!" sagte er. Der Zwergenkönig besah sie von hinten und vorn und schüttelte den Kopf: „Bist du gescheit? Wer in aller Welt kann denn mit so einem Holzkasten was anfangen?" – „Dann gib einmal acht", lachte Hans, nahm die Geige und spielte auf, daß es nur so tönte. Im Augenblick ließen die Zwerge ihre Werkzeuge fallen und begannen zu tanzen, brummten und summten dazu, dann hüpften sie wieder in langer Reihe mit knicksenden Knien, kapriolten und purzelbaumten, und nur der König stand in der Mitte und drehte sich ernsthaft um sich selber. Als aber der Junge endlich aufhörte, rief er: „Nein, das war einmal ein Spaß! Laß den singenden Kasten nur hier – ich hole den Ring. Trink indessen ein Gläschen!" Damit nahm er eine Flasche aus der Hosentasche, reichte sie dem Jungen und humpelte davon. „Nimm aber einen guten Schluck!" flüsterte der Kummeruut, „denn die Flasche kenn' ich. Wer daraus trinkt, versteht die Geheimnisse aller Erden und Steine, Kristalle und Metalle und all ihrer Strahlen." Der Junge trank, und wie Feuer rann es ihm durch die Adern. Da kam auch schon der Zwergenkönig mit dem Ring zurück. Doch kaum hatte Hans ihn eingesteckt, da sah er, wie an einer eisernen Leiter, die an der Wand senkrecht hinauf in einen Schacht führte, ein kleines Männchen Füßchen vor Füßchen herabkletterte. Das Buchmännchen! Das Buchmännchen sah ihn aber noch nicht, und eben sagte es zu dem Zwergenkönig: „Bitte um Entschuldigung – ich fand droben im Wald den Schacht mit der Leiter. Da bin ich herabgestiegen und möchte fragen, ob Ihr nicht irgendwo in Truhen oder Kisten alte Bücher habt, die Ihr mir verkaufen könntet?" – „Ja, danach wollte auch ich mich umhören", rief Hans – denn der Kummeruut war plötzlich verschwunden. „Ei schau, der Junge!" freute sich das Buchmännchen, „tüchtiges Kerlchen! Wollen sehen, was der Zwerg alles hat!" Doch der kleine König brachte nur ein Märchenbuch, das hatte er droben im Wald in einer verlassenen Holzhackerhütte gefunden. Das Buchmännchen war außer sich vor Freude. „Danach suche ich nun schon mein Leben lang", rief es, „und nun kann ich ruhig sterben. Du aber, Junge, sollst mein Nachfolger werden." Er bedankte sich bei dem Zwergenkönig und fragte, was er schuldig wäre. „Wir sind reich genug", erwiderte der Graubart, „schickt uns von Zeit zu Zeit nur den Jungen, daß er uns beibringt, den singenden Kasten zu kratzen." Das Buchmännchen war's gern zufrieden und klomm mit Hans wieder die Leiter empor. Als sie droben ankamen, war es heller Tag. Aber das Buchmännchen sah es nicht, es merkte auch nicht, wie weit noch der Weg bis zur Stadt war, so freute es sich über das Märchenbuch. Den ganzen Weg über erzählte es dem Jungen, wann das Märchenbuch zuerst gedruckt und nachgedruckt wäre, und daß die Kupfertafel meist fehle, von dem berühmten Druckfehler auf Seite 84, und schließlich las es ihm daraus vor. Dem Hans aber war es, als höre er gar keine Worte; und es sprächen zu ihm die Blumen am Weg, die Steine auf der Erde, die Wälder und alle Berge, die Kiesel im Bach, die Wellen und die Forellen und darüber der Wind.

Als sie daheim ankamen, sagte der Junge, er habe noch ein wichtiges Geschäft, und ging auf dem nächsten Wege zum König. „Siehst du, was du alles kannst!" rief der, als er den Ring der Zwerge sah, „und nun bringst du ihn sofort meinem Sohne, daß er endlich heimkommt. Wenn es Mitternacht schlägt, muß er hier sein, sonst ist es um deinen Hals geschehen." „Nun", dachte Hans, „das bringe ich auch ohne Kummeruut fertig!" Als es Abend wurde und die Nebel über die Waldwiese zogen, war er an dem

Elfenhügel. Die Elfen warteten schon auf ihn und führten ihn sogleich in den Saal, über dem tönend die sieben Monde dahinzogen. Da gab er dem König den Ring, und der freute sich. Und die Königin noch viel mehr. Denn nun wußte sie – er würde den Elfenhügel nie vergessen.

In der Stadt aber ging es eben auf die Mitternacht zu, da nahte sich von den Wiesenhügeln herab ein singender, klingender Zug. Voran schritt Hans, und in wehenden Gewändern folgten die Unterirdischen, Elfen und Nixen, Baumfräulein und Brunnenkerle; dann kam der Wagen des Königs, von zwei schneeweißen Einhörnern gezogen. Durch die ganze Stadt gingen sie, und die Leute erwachten in ihren Betten, aber sie meinten, sie träumten noch immer, als sie die feine Musik drunten hörten. Um Mitternacht aber fingen alle Glocken von selber zu läuten an. Bald ging von Haus zu Haus die Kunde: „Der Königssohn ist zurückgekommen!" Da war es denn aus mit dem Schlafen, und bald wehten schon die Fahnen von allen Häusern und allen Türmen.

Nur im Hause des Buchmännchens war es still. Denn der alte Mann lag seit dem frühen Morgen krank zu Bett. Und am nächsten Tage war er gestorben. Als aber sein Testament herauskam, da hatte er seine Schätze dem König vermacht und den Hans als Hüter darüber bestellt. Der König setzte den Jungen denn auch am gleichen Tag in sein Amt ein. Die zwölf schönsten Säle in seinem Palast hatte er schon für die Bücher herrichten lassen. „Aber", meinte er zu Hans, „wenn ich auch all meine Soldaten ein Jahr lang schaffen ließe, dann könnte ich noch nicht die Hälfte der Bücher aus eurem Häuschen herüberbringen." – „Meine Sorge!" lachte Hans, „so was machen wir leicht in einer Nacht!" Er ging in die verlassene Stube seines Meisters, klopfte dreimal an die Eisentür und rief: „Kummeruut!" Im Augenblick sprang die Tür auf, und der Schwarze stand da, die Flasche Wein schon in der Hand. „Trink nur, Kummeruut", sagte der Junge, „aber dann spuck in die Hände und schaff all unsere Bücher in die neuen Säle." – „Zu Diensten, Herr und Meister!" rief der Geist. Als Hans am Morgen aufstand, war das Haus des Buchmännchens leer. Die Bücher aber standen Reihe an Reihe in den Sälen des Palastes, und alle zwölf Säle waren voll geworden. Der König war sehr stolz, als er diese Herrlichkeit sah, und sagte: „Nun, Hans, da mein Sohn gekommen ist, will ich ihm das Reich übergeben. Ich aber werde mich nur noch an unseren Büchern erfreuen."

So wurde der Elfenkönig auch König in seines Vaters Reich. Und er nahm seine Königin zu sich, und bald war die ganze Stadt Hannover voll von Unterirdischen. In den Brunnen wohnten sie, in den Rosengärten des Palastes, in alten Bäumen und Mauern. Viele aber hatten sich in des Buchmännchens altem Hause ein Kämmerchen gemietet. Denn dieses Haus hatte Hans behalten, hier wohnte er bald mit seiner Frau, einer schönen Unterirdischen, und er hält heute noch gute Kameradschaft mit dem Kummeruut. Aus und ein gehen bei ihm die Zwerge und Feen, und er weiß alle Geheimnisse von Höhe und Tiefe. Kommst du einmal in diese Stadt, so vergiß ja nicht, dir die königlichen Büchersäle anzusehen. Dann sitzt dort vielleicht in einem Winkel der alte König in purpurner Zipfelmütze und liest, und wenn du Glück hast, dann triffst du auch den jungen König und seine Frau. Die zeigen dir vielleicht sogar den goldenen Saal im Elfenhügel, wo singend die sieben Monde kreisen.

Über den Autor

Der Herder Verlag setzt seine Neuedition der wichtigsten Märchenbücher Wilhelm Matthießens fort und legt 1991 *„Der verzauberte Rosengarten"* vor.

Wilhelm Matthießen zählt heute zu den Klassikern der Kinderliteratur, doch umfaßt sein Oeuvre an die 80 Werke – Romane, Dramen, Satiren, wissenschaftliche Abhandlungen und Editionen, Erzählungen und Gedichte.

1991 jährt sich sein Geburtstag zum 100. Mal. Grund genug, an die Person Wilhelm Matthießen zu erinnern: 1891 in der Eifel geboren, studierte er in Bonn und Berlin Philosophie, Geschichte, Theologie und Germanistik und schloß die Studien 1917 mit einer Promotion über Paracelsus ab. Lag anfänglich der Schwerpunkt seines Schreibens auf wissenschaftlichen Arbeiten, rückte in den 30er Jahren die Kinder- und Jugendliteratur, bedingt durch den großen Erfolg seiner Detektivgeschichte „Das rote U" und seines Märchenbandes „Das alte Haus", in den Mittelpunkt.

Der Krieg zwang die Familie Matthießen mehrmals zu Ortswechseln. Wilhelm Matthießen nahm in dieser Zeit zusätzlich eine Stelle als Bibliothekar an.

Nach dem Krieg fanden seine Jugend- und Märchenbücher wieder großen Anklang. Matthießen verwahrte sich gegen die „Zweitrangigkeit" der Jugendliteratur und forderte eine Qualität der Jugendliteratur, die auch Erwachsene anspreche. Mit dieser Forderung war Matthießen seiner Zeit voraus und vertrat eine Position, die heute etwa Autoren wie Peter Härtling, Michael Ende, Max von der Grün und andere vertreten. Wilhelm Matthießen widmete sich in den folgenden Jahren der Überarbeitung seiner Werke. Neu entstanden ein Abenteuerbuch, ein Familienroman und das Märchenbuch „Der bunte Kuckuck".

Am 26.11.1965 starb Wilhelm Matthießen im Alter von 74 Jahren.
Seine Märchen sind gekennzeichnet durch den Reichtum an Figuren und die farbige und phantasievolle Handlung, die Kindern die Identifikation erleichtert und klare Handlungsweisen vorgibt. Die Wurzeln seines Erzählens sah Matthießen im Volksmärchen und den Kunstmärchen, den literarischen Märchen der Romantik.
Heute erfreuen sich die Märchen nach wie vor großer Beliebtheit. Seit 1984 werden folgende Titel im Verlag Herder wieder aufgelegt:

Das alte Haus
Die Katzenburg
Der bunte Kuckuck
Die grüne Schule
Das Schönste aus dem Märchenland

Bisher sind etwa 130 000 Exemplare dieser Bücher verkauft worden.

Verlag Herder
Juni 1991